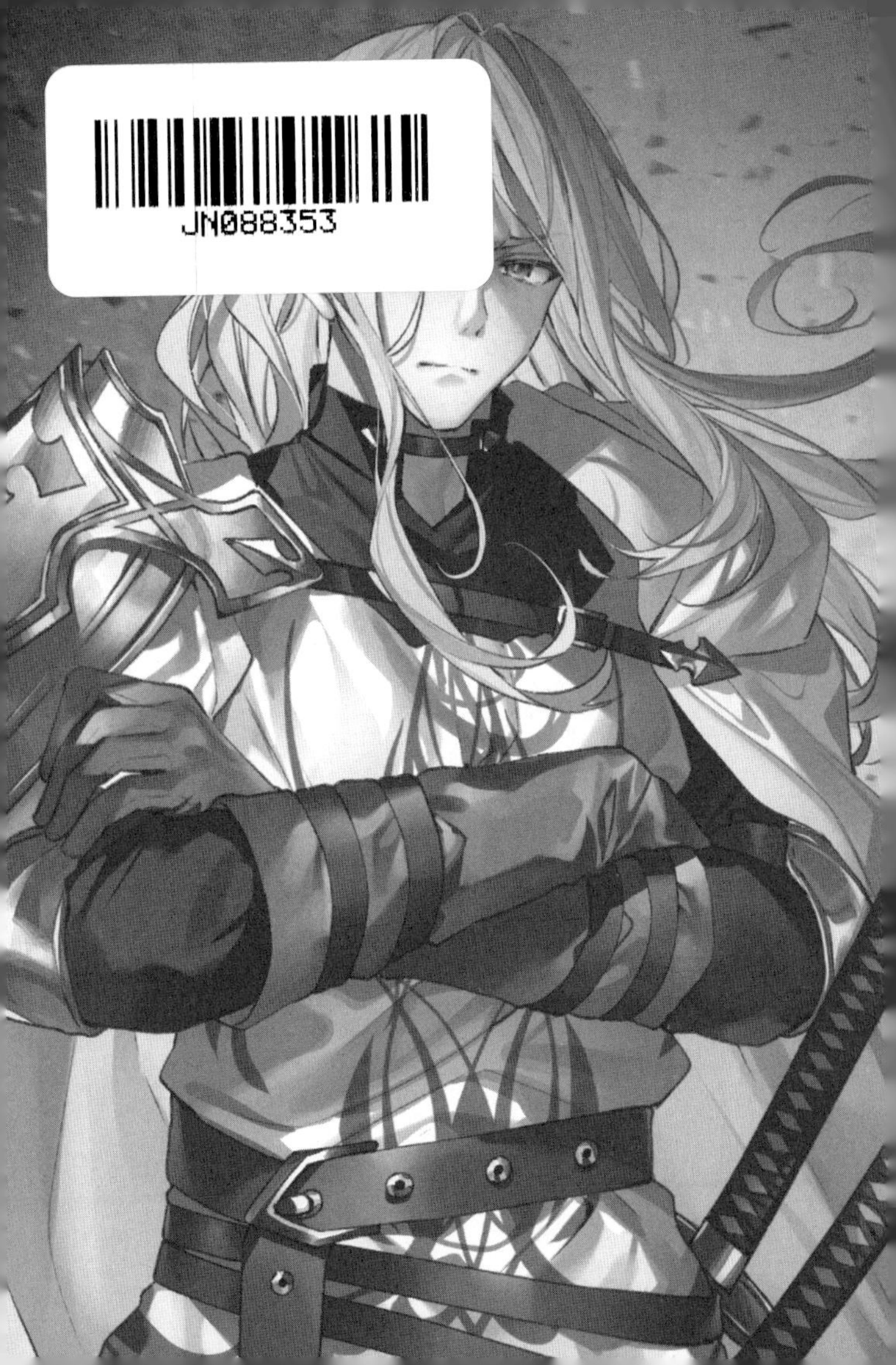

「ここで始末してやる。〈叛逆の女神〉に魅入られし、不肖の弟子よ！」

ズオオオオオオオオオオオオンッ！

大剣の刃が大地を抉り、光の衝撃波が亡者の軍勢を薙ぎ倒す。

——が、〈不死者の魔王〉は泰然と構えたまま哄笑した。

「それは不可能だ。師よ、俺は貴様の力などとうに超えている」

〈不死者の魔王〉が、闇の魔力を解き放った。

濃密な死の瘴気が、腐食した大地を怒濤のように呑み込み、英雄を襲う。

「——この〈剣聖〉も舐められたものだ！」

シャダルクの全身から光の闘気がほとばしり、闇の魔力を消し去った。

「魔王レオニス！　外法の道に墜ちた貴様は、この俺が滅ぼす！」

〈魔王殺しの武器〉——〈朧月〉が、青く破邪の力を輝かせ——

「人類の英雄よ、貴様も俺の〈死の軍勢〉の戦列に加わるがいい！」

死の大地に、破壊の嵐が吹き荒れた。

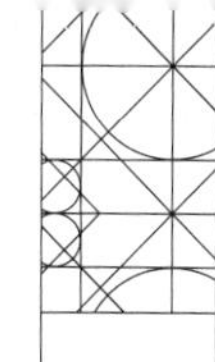

第一章　魔王ゾール・ヴァディス

Demon's Sword Master of Excalibur School

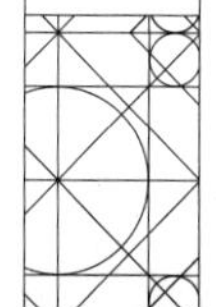

「——レオ君、君は何者なの？」

湖面のように澄んだ青い瞳が、まっすぐにレオニスを見つめていた。

時刻は夜の九時。寮の自室でブラッカスと会議をしていたところに、リーセリアがおとずれたのだ。

彼女が手にしているのは、一枚の紙切れ。

〈死都〉(ネクロゾア)の石像に刻まれていた碑文を、解読したものだという。

そこには、〈死都〉の支配者の名が、ばっちりと記されていた。

レオニス・デス・マグナス——死者の王国の王。

「……え、ええと……」

レオニスは白々しく目をそらしつつ、ごくりと息を呑んだ。

（……っ、なぜ、古代の神秘文字が読めたんだ!?）

ぐぬぬ……と、自身の迂闊(うかつ)さに歯噛(はが)みする。

なぜ、こっそりあの碑文を破壊しておかなかったのか。

彼女が、古代遺跡の調査に並々ならぬ情熱を抱いていることは知っていた。

しかし、まさか、古代の神秘文字を解読できるとは思わなかったのだ。
(古代文字は、歴史から抹消されているはずじゃないのか!?)
彼女は、父の書斎にあった本を使い、レオニスの名を解読したという。
そういえば、彼女の父親、クリスタリア公爵は遺跡の研究者だった。
それにしても、これほど短時間で解読するとは――
……さすがは我が眷属、と褒めたいところだが、これればかりはそうはいかない。
レオニスの正体は、現代に甦った古代の魔導師――と、いうことにしてある。
闇の支配者たる〈魔王〉であることを彼女が知れば――
ひと一倍生真面目で、正義感の強い彼女は、どんな反応をするだろう。
(……あの時の、人間たちのように……いや、しかし彼女は――)
レオニスはわずかに唇を噛んだ。そして――
「……バレてしまっては、しかたありませんね」
と、自嘲するように、哀しげに呟いた。
「レオ……君?」
リーセリアの蒼い瞳が、不安そうに揺れる。
(悪いが、記憶を消させてもらう)
この程度の記憶操作であれば、人格に影響を及ぼすことはないだろう。

そっと手を伸ばし、彼女のこめかみに触れようとした、その時だ。

「レオ君——」

唐突に。彼女は、レオニスの背中をぎゅっと抱きしめてきた。

「セリア……さん？」

「わたしは、レオ君の保護者だから、レオ君のことなんでも知っておきたい。けど、レオ君が心に秘めておきたいことなら、無理には聞かない。もしレオ君が、わたしの知ってるレオ君じゃなかったとしても、わたしは大丈夫、だから——」

彼女の白銀の髪が、頬をくすぐる。

抱きすくめられたまま、レオニスは——

ふっ、と背中にまわした手をおろした。

（……記憶操作など、眷属にすべきことではなかったな）

ただの一度でもそれをすれば——

レオニスとリーセリアの関係は、永遠に変わってしまう。

……なぜか、そんな予感がしたのだった。

◆

「僕はたしかに、あの遺跡の廃墟(はいきょ)――〈死都(ネクロゾア)〉の王と呼ばれていました」

ベッドの上でリーセリアと並んで座り、レオニスは話しはじめた。

死を支配する魔導の力を用い、無数のスケルトンや夜の魔物を配下として、王国を支配していたことを。

「……本当に、王様だったのね」

「ええ、まあ……」

と、ひとさし指で頬(ほお)をかきつつ、頷(うなず)く。

「ですが、その王国は滅びてしまいました」

「……どうして？」

「理由はいろいろありますけど、まあ、ひと言でいえば、僕に力が足りなかった。そういうことなんでしょう、ね――」

レオニスは力なく、肩を落としてみせた。

「それじゃあ、レオ君の目的は、その王国を再興することなの？」

「……いえ、もう滅びた王国ですから」

〈死都〉に郷愁を憶(おぼ)えぬわけではないが、あれはあくまで〈魔王軍〉の軍事拠点だ。

レオニスにとって故郷とは、〈女神〉――ロゼリアのいる場所である。

（それに、すでに新たな拠点は、手に入れていることだしな――）

レオニスは続けて口を開く。

「今の僕の目的はただ、大切な人を探すことです」

「前にレオ君の言っていた、女の子ね」

「ええ。ロゼリア・イシュタリス、彼女を見つけ出すことが、僕の——」

「ロゼリア……ロゼリアって、たしか——」

ふと、リーセリアは思い出したように、例のメモを開く。

「その名前も、あの碑文にあったわ」

「そっちまで解読したんですか!?」

「う、うん……」

「そ、そうですか……」

レオニスは、いっそ感心したように呟く。

古代遺跡マニアの情熱を、まだまだ侮っていたようだ。

「その人も、レオ君と同じ魔導師なの？」

「いえ、彼女は——」

と、レオニスは少し考えてから言った。

「彼女はたぶん、普通の女の子になっているはずです」

◆

リーセリアが部屋を去り、レオニス一人になると、足下(もと)の影が揺れた。

「……危ないところであったな、マグナス殿」

影の中から姿を現したのは、漆黒の巨狼(きょろう)、ブラッカスだ。

ブラッカスはベッドの上にぽふっと飛び乗ると、わずかに鼻を鳴らして、

「なぜ、あの娘の記憶を消さなかった？」

「不要だからだ。疑われるたびに記憶を消すのも面倒だしな」

「ふむ？」

ブラッカスは納得していないようだ。

レオニスは軽く嘆息し、肩をすくめた。

「眷属(けんぞく)の記憶を操作するのは、〈魔王〉の流儀ではあるまい」

「流儀か。であれば、俺はなにも言うまい」

結局のところ。レオニスはリーセリアに、〈魔王〉であることは明かさなかった。

まだ、本当のことを喋(しゃべ)ることはできない。

（……いずれは、正体を明かす日も来るのだろうが）

しかし、今はそのときではない。ロゼリアの転生体を保護し、〈魔王軍〉再興したその

時にこそ、すべてを打ち明けよう。

「――それよりも、気になることがある」

こほん、と咳払いして。レオニスはベッドに腰掛けた。

「なんだ？」

「クリスタリア公爵、リーセリアの父親のことだ。彼女は書斎で公爵の手記を発見したそうだが、なぜ、この時代の人間が古代の文字を知っている？」

〈死都〉の石像に刻まれた碑文は、ただの古代文字ではない。

高位の神官のみが扱う、上位の神秘文字だ。

「生前は古代遺跡の研究者であったようだが、〈魔王〉の伝承も知っていたようだし、少し気にかかるな。すでに死んでいるが残念だ」

あの廃都――〈第〇三戦術都市〉には、〈ヴォイド・ロード〉となった〈聖女〉、ティアレス・リザレクティアによって甦った、騎士達の魂が彷徨っていた。

しかし、その中に、リーセリアの父親の魂を見いだすことはできなかった。

「死体でもあれば、〈死霊術〉で屍鬼として甦らせることができたのだがな」

と、物騒なことを呟くレオニスである。

半壊した〈第〇三戦術都市〉は、現在、〈聖剣学院〉より派遣された部隊が調査中だが、死体が発見される可能性は低いだろう。

「まあ、ともあれ、だ――」

レオニスにとって気がかりなことは、まだあった。

魔軍参謀ゼーマインは、〈死都(ネクロゾア)〉で何をしていたのか？

「ゼーマイン、そしてネファケス・レイザード。旧魔王軍の連中が、陰でこそこそと蠢(うごめ)いているようだ」

〈死都〉の〈女神神殿〉で、ゼーマインは預言のことを口にした。

〈預言、か……〉

レオニスの知る〈女神〉の預言は、彼女がこの時代に転生する、というものだ。

そのほかに、何か別の預言があるのだろうか――

「ゼーマインは〈死都〉で、俺を――〈不死者の魔王(アンデッドキング)〉を復活させようとしていた。おそらくは、〈六英雄〉の〈聖女〉やヴェイラのように、俺を虚無で穢(けが)し、〈ヴォイド・ロード〉に変えようとしていたのだろう」

リーセリアによって、偶然、封印が解かれていなければ――

レオニスは今頃、あの醜い虚無の化け物へと変貌していたかもしれない。

「連中は〈六英雄〉、そして〈魔王〉さえも、何かに利用するつもりのようだ」

その背後にいるのは、何者なのか――？

レオニスは、糸を引くのが〈異界の魔王(アズラ＝イル)〉ではないかと疑っていたが、ゼーマインは死の間際、それを否定した。無論、その真偽は不明だが。

「ゼーマインを殺されたのは、痛手だったな」

ゼーマインは、レオニスの尋問中に死亡した。

その場に現れた、仮面の少女が、あの老人を消滅させたのだ。

死の魔術を極めたレオニスといえど、完全に消滅した魂を戻すことはできない。

屍人形として操ることは可能だが、情報を引き出すことは不可能だ。

（あの女、誰かに気配が似ていた気がするが……）

――と、その時。

「魔王様――」

足下の影に波紋がひろがり、ズズズ……と、メイド服姿の少女が姿を現した。

暗殺メイドのシャーリだ。

「シャーリ、どうした？」

「緊急のご報告があります、魔王様」

スカートの両端をつまみ、シャーリは礼儀ただしく頭を下げた。

「……む、なんだ？」

「魔王様の配下の〈狼魔衆〉たちが、また勝手な行動をはじめました」

「また……か」

レオニスは嘆息しつつ、こめかみを押さえた。

〈狼魔衆〉とは、以前、王族専用艦〈ハイペリオン〉を襲撃したテロリスト、〈王狼派〉の残党を引き込み、レオニスの配下にした者たちである。

その数は総勢四十二人。獣人族を中心とした亜人で構成されている。

直属の眷属であるリーセリアを除けば、転生して初めて手に入れた配下だ。

獣人族はやはり血の気の多い者が多く、先日も、〈第〇六戦術都市〉の研究施設を勝手に襲撃し、ヴェイラの暴走に巻き込まれた。

〈魔王〉への忠誠心は高いのだが、レオニスにとっては、頭痛の種になりつつある。

「それで、今度はなにをしたのだ？」

「はい。軍港に搬入される、武器の収奪を計画しているようです」

「……」

無論、レオニスはそんな命令は出していない。

「……やれやれ。アンデッドの配下を扱うのとは、勝手が違うな」

レオニスは嘆息した。

「いかがいたしましょう、魔王様」

「――わかった。俺が出向こう」

レオニスは立ち上がると、虚空から髑髏の仮面を出現させ、装着する。

すると、影が全身を覆い、レオニスの姿は外套(がいとう)を羽織った長身の魔神に変貌した。

〈魔王〉――ゾール・ヴァディス。

〈聖剣学院〉に通う、十歳の少年の姿は表の顔。

この姿こそ、〈第〇七戦術都市(セヴンス・アサルト・ガーデン)〉の陰で暗躍する、彼のもう一つの顔だった。

◆

「軍港に例の船が入港したわ。そっちの状況は」

「問題ない。見張りの兵士(ソルジャー)どもは黙らせといたぜ」

「了解。倉庫に突入するわ」

闇エルフの少女、レーナは小声で呟(つぶや)くと、通信端末の電源を落とした。

――〈第〇七戦術都市〉軍港エリア、ポート〇四。

対〈ヴォイド〉戦用の武器弾薬を備蓄する、巨大な倉庫街。

曇天ゆえに、月明かりこそ届かぬものの、低く垂れ込めた雲に、無数のサーチライトの光が反射して、夜の闇を照らしている。

倉庫の屋根に張り付いていた複数の影が、音もなく地面に降り立った。

フードを目深(まぶか)にかぶり、目もとを隠す仮面を装着した集団が、闇に紛れて疾駆する。

獣人族を中心とした、反帝国をかかげる組織、〈王狼派〉の元残党であり、今は〈魔王〉ゾール・ヴァディスの麾下にある、〈狼魔衆〉の実働部隊である。

ポート〇四に、軍需物資を満載した船が入港する、という情報を察知した彼らは、武器弾薬を収奪するため、倉庫を襲撃する計画を立てたのだ。

（……はあ、勇者のあたしが、こそ泥なんて）

と、レーナの隣りにかがみ込む、翡翠色の髪の少女が不満の吐息を漏らした。

神秘的な蒼い眼をした、美しい少女だ。体格は十三、四歳の子供のようだが、その身に纏う空気は、研ぎ澄まされた刃のように鋭い。

アルーレ・キルレシオ。

太古の森の〈長老樹〉によって送り込まれた、エルフの勇者。その使命は、この時代に復活するはずの〈叛逆の女神〉と、その眷属たる〈魔王〉を討ち滅ぼすこと——

都市の警備隊に追われる中、このテロリスト集団に拾われた彼女は、〈狼魔衆〉の背後にいる指導者が、〈魔王〉と呼ばれる存在であることを知った。

〈魔王〉——ゾール・ヴァディス。

それは、〈叛逆の女神〉の出現以前に世界のほぼすべてを支配し、勇者レオニス・シェアルトによって滅ぼされた、旧世界の魔王の名だ。

その正体を突き止めるため、〈狼魔衆〉に身を寄せていた彼女だが、まだ〈魔王〉に謁見を許される地位にはいない。

〈魔王〉に近付きたくば、組織内で相応の実力を示せ、というわけだ。

「この計画、あなたの独断よね？」

と、彼女はレーナに尋ねる。

「魔王――ええと、魔王陛下が命じたわけじゃ、ないんでしょう？」

「ええ、そうよ」

レーナはなぜか誇らしげに頷きつつ、

「魔王陛下は言われたわ。『私は配下に忠誠心を求める。しかしそれは、ゾンビやスケルトンのような、命令を忠実に実行する人形ではない』って。つまり、魔王陛下は、自分の頭で考え、行動する配下を求めてるってことよ」

レーナはひと指し指をぴんとたて、得意げに答えた。

「そういうことだぜ、エルフの姐さん」

〈狼魔衆〉の面々は全員、その〈魔王〉とやらに心酔しきっているようである。

アルーレは首をすくめつつ、口の中で小さく暗視の魔術を唱えた。

巨大なコンテナボックスが、運搬用のヴィークルで倉庫に搬入される。

と、その時。

ドンッ、ドンッ、ドオオオオンッ――

立て続けに爆発音がして、空気が激しく震えた。

〈狼魔衆〉の別働隊が、陽動を開始したのだろう。

「行くわよ、アルーレ！」

「……ええ、わかったわ」

気乗りしない返事をしつつ、アルーレは〈魔王殺しの武器〉に手をかけた。

夜の暗闇に紛れ、五つの影が、屋根と屋根の間を跳躍する。

（……さすがに、獣人族どもの身体能力は高いわね）

一〇〇〇年前、獣人種族の多くは、〈魔王〉の一人、獣王ガゾス・グランビーストに臣従し、強靱な肉体と爪で、王国の連合軍を震え上がらせた。

その圧倒的な身体能力は、この時代にも受け継がれているようだ。

アルーレは屋根を蹴りつけ、獣人たちの前に躍り出た。

「下がって、警備の連中はあたしがやるわ」

「あぁ!?　新米、俺達の手柄を横取りするつもりか!?」

獅子族の巨漢が、唸るような声を上げた。

「そういうわけじゃ――」

「いいじゃない。いい機会よ、彼女の実力、見せてもらいましょう」

アルーレに敵意を向ける獣人達を、レーナが落ち着いた声音で抑える。

「……っ、まあ、あんたが言うならよ」

「無駄話はここまで。アルーレ、剣妖精(ソード・エルフ)のお手並み拝見させてもらうわ」

「ええ――」

剣を抜き放ちつつ、アルーレは倉庫の屋根から飛び降りる。

「……っ、な、なんだ!?　貴様っ――」

暗視装置を装備した警備兵たちが振り向き、対ヴォイド用の機銃を向けた。

が、アルーレはすでに呪文を唱え終わっている。

「微睡(まどろ)みの精よ、子守歌を唄(うた)え――〈睡眠(スリープ)〉」

魔力の霧があたりを一瞬で覆い、目の前の警備兵達が次々と昏倒(こんとう)する。

「……っ、侵入者だ、応援を――」

〈睡眠〉に抵抗した警備兵が、増援を呼ぼうとする。

だが、それより速く、アルーレの剣が閃(ひらめ)いた。

白刃を閃かせ、声を上げようとする警備兵を、次々と斬り伏せていく。

無論、剣の腹で打たれ、気を失っているだけだ。

〈魔王殺しの武器〉には、〈刃引き〉の魔術をかけてある。

アルーレが一人で倒してしまえば、無駄な血は流れまい。

(――とはいえ、勇者のすることではないわね)

多少の罪悪感と自己嫌悪を覚えつつ、胸中で呟く。

故郷の森の長老樹、なにより、六英雄の〈剣聖〉と呼ばれた師に顔向けできない。

「驚いた、本当に一人でやっちゃうなんて――」

背後に降り立ったレーナが、口笛を吹いた。

「魔王陛下の側近として、認めてもらえる？」

「それはまだよ」

首を振るダークエルフの少女に、アルーレは軽く肩をすくめる。

「警備兵の中に、〈聖剣〉の使い手はいないようね」

「対ヴォイド戦闘のエリートが、倉庫番なんてするはずないでしょ」

アルーレは、特殊金属で覆われた大型倉庫の隔壁の前に立った。

「ここはあたしの仕事ね。いま、隔壁のロックを解除するわ」

レーナが前に進み出て、ハッキング用の電子端末を取り出した。

「不要よ」

「え？」

アルーレが剣を一閃。

特殊金属の扉が真っ二つに切断され、はじけ飛んだ。

「……んなっ！」

これには、さしものレーナたちも唖然とする。

「嘘っ、ヴォイドの攻撃にも耐えられる、軍用の特殊ミスリル鋼の扉よ！」

「この剣なら、オリハルコンだって斬れるわ。行くわよ」

そっけなく呟くと、アルーレは倉庫の中に足を踏み入れた。

暗闇の中、大量の貨物用コンテナが積み上がっている。

真っ暗だが、獣人族は暗視の力を持っているので、運搬作業は問題ないだろう。

「どれが武器のコンテナ？　全部持って行くわけにはいかないでしょう？」

「わかんないわ。とりあえず、片っ端から開けるわよ」

レーナが答えると、アルーレは呆れたように肩をすくめた。

「おらあああああああっ！」

豪腕の人熊族が爪を振り下ろし、コンテナの側面を引き裂く。

「へへ、さて、中身のお宝は、と――」

舌なめずりして、コンテナの壁をメリメリと押し開ける人熊族。

「お、おい、なんだ……こいつは？」

「ベルトマー、どうしたの」

レーナが怪訝そうな声で近付くが、

「……っ、待って！」

何か嫌な予感がして、アルーレは彼女の肩を掴んで引き戻す。

その時。

グジャッ、と果物を潰すような音がした。

「……っ!?」

人熊族の青年の首から上が消えていた。

だらり、と垂れ下がった四肢。

巨漢の肉体が、宙にぶらさがっている。

「な、ベルトマー……!」

……ギ、ギギイイイイイイッ……!

コンテナの壁が、内側からゆっくりと引き裂かれる音が響き渡る。

亀裂より現れたそれは、人の姿のように見えた。

手足の極端に長い、漆黒の人影。

(な、なに、あれは……?)

アルーレの知識では、それは騎士の甲冑、全身鎧のように見えた。

兜の中で赤い眼が輝き、甲冑の継ぎ目から、黒い瘴気のようなものが噴き出している。

「極地専用の対〈ヴォイド〉戦闘用プロテクトスーツ?」

「姐さん、あれが、運び込まれた武器ってことかい?」

レーナ、そして獣人族の男たちが、戦闘体勢をとる。

「中に、誰か入ってるっていうの？」

「関係ねえ、ベルトマーの仇だ、やっちまえ！」

「シャッズ、待ちなさい！」

血気にはやる獅子族の男が爪を振りかぶり、飛びかかる。

ヴ、アアアアアアアアアアッ――！

甲冑が内側からはじけ飛んだ。

その瞬間。おぞましい瘴気があたりに爆散する。

暗闇の中に現れた、その姿を見て――

「な、に……!?」

「お、おい……まさか……！」

獣人たちが動揺の声を上げた。

甲冑の中から、ずるり、と姿を現したのは――

――化け物だった。

異様に膨れ上がった頭部。無数に生えそろった鋭い歯。

瘴気を纏ったその体が、ゆっくりと立ち上がった。

「……ヴォイド」

アルーレが息を呑んだ。

〈ヴォイド〉――一〇〇〇年後の世界に突如現れた、人類の――否、世界の敵。

〈魔王軍〉の率いる魔物とも、魔族とも違う、旧世界には存在しなかった、未知の存在。

「お、おい、どういうことだよ！　〈ヴォイド〉を運び込んでたってのか⁉」

「そんな、馬鹿なこと――」

獣人たちは混乱しているようだ。

「くそっ、吹き飛びやがれ！」

人虎族の青年が機銃を乱射する。

しかし、装甲のような外皮に弾かれてしまった。

「だめだ、効かねえ！」

「ヴォイドに通常兵器は通用しないわ！」

ヴォイドが腕を振り下ろした。

衝撃で、人虎族の巨体が真っ二つに引き裂かれる。

「……っ！」

「危険よ、下がって！」

アルーレは、聖剣クロウザクスを両手に構え、前に出た。

この化け物とは、廃都ですでに交戦している。

個体によってその能力は異なるが、最も小型の個体でさえ、人類はもちろん、獣人も勝てる相手ではないだろう。

ヴォイドが咆哮し、ふたたび腕を振り上げた。

「凶ツ風よ――！」

魔風の加護を纏い、アルーレは踏み込んだ。

ザンッ――剣閃が奔り、ヴォイドの腕を斬り飛ばす。

虚無の瘴気が血のようにほとばしり、あたりに闇を振りまいた。

「アルーレ！」

「ここはあたしに任せて。仲間を連れて、さっさと逃げなさい」

剣戟を繰り出しつつ、レーナに向けて叫ぶ。

「ダークウッドの闇エルフは、仲間を見捨てないわ！」

「悪いけど、足手まといよ。あなたたちを守りながらでは戦えない」

アルーレはそっけなく告げて、

「そのかわり、ここを切り抜けたら、魔王の側近になれるよう口添えして」

「……っ、わかった。無理はするんじゃないわよ」

レーナは唇を噛みしめ頷くと、

「撤退よ。アルーレに殿をまかせるわ！」

「お、おう……！」

配下の獣人たちを引き連れ、倉庫の外へ脱出する。

（……まったく。我ながら、お人好しなものね）

襲い来る〈ヴォイド〉を斬り伏せつつ、エルフの勇者は嘆息する。

あの連中は〈魔王〉の配下だ。正直、助ける義理などない。

しかし――

（まあ、恩がないわけじゃないわね）

とくにレーナ。あの闇エルフの少女に世話になったのは確かだった。

彼女がいなければ、今頃は、どこかの路上でのたれ死んでいたかもしれない。

一〇〇〇年前は、不倶戴天の敵同士だった、闇エルフの世話になっているというのは、

奇縁というよりほかないけれど――

斬魔剣クロウザクスを片手に構え、アルーレは啖呵を切る。

「――来なさい。〈剣聖〉より継承した勇者の剣技、見せてあげる！」

叫び、眼前の〈ヴォイド〉を真っ二つに斬った、その時。

彼女の長い耳が、キーンと高周波のような音を感じ取った。

――ウォー・クライ。

それは、〈巣〉の仲間を連鎖的に孵化させる、〈ヴォイド〉の特殊な行動だ。

〈聖剣学院〉の学院生であれば初等生でも知っている常識だが、この時代で目覚めたばかりのアルーレが、それを知るはずもない。

「……な、なに!?」

――と、次の瞬間。

ズオンッ、ズオンッ、ズオンッ、ズオオオンッ！

コンテナが同時に破裂し、複数体の〈ヴォイド〉が姿を現した。

「う、嘘――！」

嫌な予感がして、背後を振り向く。

と、入り口付近に積まれたコンテナからも、新たな化け物が這い出してきた。

（……っ、数が多すぎる!?）

暗闇の中で発光する、無数の赤い眼。

ヴアアアアアアアアアアアアアアアアアアッ！

それが、一斉に飛びかかってきた。

「……っ、このっ――」

アルーレは斬魔剣を振り抜き、最初の一体の首を斬り飛ばした。

が、虚無の化け物は怯むことなく、次々と押し寄せてくる。

「……っ、こんな、ところでっ――！」

刹那。闇の中に、雷光が走った。

（……え？）

音もなく――

〈ヴォイド〉の首が、つぎつぎと宙を舞う。

青白い雷が地面を奔り、かすかなオゾンの匂いが空気中に残された。

タッ、と小柄な影が地面に舞い降りる。

美しい白装束。目の覚めるような、青い髪。

雷光を纏う刀を手にした、小柄な少女だった。

◆

「――なんだ？　〈ヴォイド〉の気配がしたと思えば」

と、その少女は、怪訝そうに柳眉をひそめた。

（……っ、あの娘は……！）

アルーレは軽く眼を見開く。

見知った顔だ。

彼女と出会ったのは、二ヶ月ほど前。

〈廃都〉で一時的に協力した、〈聖剣学院〉の学生の一人。

彼女とは、剣を交えたこともあるためか、特に印象に残っている。

下の名は覚えていないが――名はたしか、

（サクヤ、だったわね……）

――と、その少女も、アルーレのことを思い出したようだ。

「君は――〈廃都〉のエルフ？　こんなところで何を？」

「……え、えっと、それは……」

まさか、テロリストと一緒に武器の収奪に来た、とは言えずに口ごもり、

「ま、まずは、この化け物を倒すのが先決よ！」

周囲を取り囲む〈ヴォイド〉のほうへ矛先を逸らした。

「……たしかに、ね」

咲耶は肩をすくめると、刀を構えたまま、アルーレの隣りに立つ。

「人型の〈ヴォイド〉は知能が高い、油断するな」

「……わかったわ」

彼女とは、たった一度剣を交えただけだが、その力量はかなりのものだ。

二人なら、切り抜けられるかもしれない。

呼吸を合わせ、アルーレと咲耶は、同時に動く。

「はあああっ！」

「行くよ、〈雷切丸（らいきりまる）〉！」

咲耶（さくや）が地面を蹴ると同時、雷光が弾（はじ）けた。

一気に加速し、〈ヴォイド〉の包囲の中に突っ込んでいく。

その姿を視界の端に収めつつ、アルーレは驚愕（きょうがく）する。

——眼（め）で追いきれない。ジグザグに奔（はし）る閃光（せんこう）が、闇に瞬くのみだ。

（……っ、あれが、彼女の本当の実力!?）

刃（やいば）が雷光を纏（まと）うのは、あくまで副次的な能力。

あの加速こそが、彼女の〈聖剣〉の本当の能力なのか。

アルーレの眼前で、人型の〈ヴォイド〉が長い腕を振り上げた。

「颪よ、我が意に従い、力を解き放て——〈風烈撃（ウインデ・ロッソ）〉！」

吹き荒れる風の刃。第二階梯（かいてい）の精霊魔術が、〈ヴォイド〉の腕を斬り飛ばす。

「はあああっ！」

アルーレは、斬魔剣に魔力を込めて振り下ろした。

〈クロウザクス〉は、〈光の神々（ルミナス・パワーズ）〉の生み出した、〈魔王〉を殺すための専用武器だ。

〈魔王〉以外の存在に対しては、その切れ味は通常の剣とさほど変わらない。

ゆえに、アルーレ自身の魔力を込める必要がある。

断末魔のような〈ヴォイド〉の咆哮（ほうこう）が、倉庫街に響きわたった。

「このまま突破するわ。あたしについてきて――」

と、咲耶に向かって叫ぶ。

「ああ、君は逃げてくれ。僕はここで――虚無を殲滅（せんめつ）する」

「……っ!? な、なに言ってるの？ この数を相手に――」

「僕は〈桜蘭（おうらん）〉の剣士だ。〈ヴォイド〉を前に、退（ひ）くことはできない」

「……はあ!?」

咲耶の全身から、鋭い殺気がほとばしった。

鬼気迫る姿で、人型〈ヴォイド〉を斬りまくる。

「あなた一人で残るつもり!?」

「ここを離れたほうがいい。僕は、〈ヴォイド〉を見ると、少し見境がなくなるんだ」

雷撃を纏う斬線が閃（ひらめ）く。金属製のコンテナが真っ二つに割れる。

白装束を翻（ひるがえ）して舞うその姿は、まさに剣鬼だ。

（……な、なんなの、あの娘（こ）……狂戦士かなにか!?）

――と、アルーレの耳がぴくっと反応した。

咲耶の斬ったコンテナの中から、なにか巨大な化け物が這（は）い出（で）てくる。

ズオオオオオオオオオオオオンッ!

巨大な倉庫の天井が吹き飛んだ。

「……っ!?」

……グ、ルウウウウウウウ……

現れたのは、ひときわ巨大な——巨人型の〈ヴォイド〉。

「あんなものまで……！」

咲耶が、アルーレのほうを振り返った。

「タイプ・オーガだ。あんなものが市街地に出たら、大変なことになる」

「あれを倒すつもり？」

「さすがに、一人では少し厳しいかもね」

咲耶は〈雷切丸〉を構え、不敵に笑った。

「学院の対〈ヴォイド〉部隊が駆け付けるまで、時間を稼ごう」

「……しかたないわね」

勇者として、あんなものが市街に出るのを見逃すわけにはいかない。

（まあ、時間稼ぎなら、なんとか——）

と、その時だ——

「我が庭でなにをしている——滅びよ、劣等種」

ズオオオオオオオオオオオオオオオオンッ！

燃えさかる火の雨が、巨人型〈ヴォイド〉に降りそそいだ。

紅蓮の火柱が立ち上り、周囲の〈ヴォイド〉ごと一気に呑み込む。

「……なっ⁉」「……っ⁉」

アルーレと咲耶は、目の前の光景に愕然と立ち尽くす。

「一体、何が……」

顔を上げる。と、そこに――

漆黒の外套を纏う魔神が、傲然と地上を見下ろしていた。

◆

夜の闇を照らし出す、紅蓮の業火。

けたたましいサイレンの音が、軍港に鳴り響く。

第五階梯魔術――〈業炎嵐獄波〉。

大型のトロールを骨も残さず焼き尽くす、炎属性の広範囲殲滅魔術だ。

（……なぜ、〈ヴォイド〉がここに？）

〈魔王〉の仮面の奥で、レオニスは首を傾げた。

シャーリの報告を受けて、〈狼魔衆〉の暴走を止めに来たのだが、現場に到着してみれば、なぜか虚無の化け物どもが跋扈していたのだ。

——とりあえず、目障りなので殲滅したわけだが。

(それに、あの二人は……)

瓦礫だらけになったその場所に、レオニスは見覚えのある姿を発見した。

ひとりはアルーレ・キルレシオ。エルフ種族の勇者だ。

そちらは、まあいい。なんの因果か、あの勇者が〈狼魔衆〉に入ったという報告は受けている。おおかた、目的は〈魔王〉の暗殺といったところだろう。

意外だったのは、もう一人のほうだ。

(……どうして、咲耶がここに?)

咲耶は〈聖剣〉を手にしたまま、宙に浮くレオニスを鋭く睨み据えている。

レオニスが、仮面の奥で戸惑っていると——

「……お前は、何者だ」

咲耶は静かに——しかし、空気の震えるような殺気を孕んだ声で、口を開いた。

普段の彼女とはまるで違う、どこまでも冷徹な眼だ。

(……っ、ど、どうする?)

レオニスは内心でテンパりつつ、対応を必死に考えた。

(……っ、落ち着け。俺の正体はバレていない)

今のレオニスは、十歳の少年の姿ではない。

この都市の影の支配者、〈魔王〉――ゾール・ヴァディスなのである。

太古の魔神より奪った〈幻魔の外套〉は、外見を変えるだけでなく、認識阻害の魔術も付与されている。そう簡単に正体を見破られることはあるまい。

（ならば……）

レオニスはバッと外套を翻し、地上の二人に向けて告げた。

「我は〈魔王〉――ゾール・ヴァディス。この都市の影の支配者だ」

「……な、に!?」

アルーレの長い耳がぴくっと反応した。

「……っ、〈魔王〉……お前が――？」

「この都市の、影の支配者だと！」

咲耶が凛とした声で叫んだ。

「その通り。この〈第〇七戦術都市〉は、すでに私のものだ」

大仰に両手を広げ、そう嘯くレオニス。

このあたりで、〈魔王〉の名を広めておくのは悪くない。

「……っ、お前なのか？　あの〈ヴォイド〉を運び込んだのは」

「なに？」

と、レオニスは眉をひそめた。

……運び込んだ、とはすこし妙な表現だ。

〈ヴォイド〉とは、虚空の亀裂より現れるものではないのか？

「私が呼び出した〈ヴォイド〉を、私自身の手で片付けた、と？」

「それは……」

「あの汚らわしい存在は、私の敵だ。この〈第〇七戦術都市〉は、この私と〈魔王軍〉のもの。虚無の化け物の好きにはさせん」

レオニスは地上の二人を睥睨した。

アルーレは斬魔剣に手をかけ、しかし懸命に殺意を抑えているようだ。

ここで〈魔王〉に挑んだところで、返り討ちに遭うことがわかっているのだろう。

咲耶は〈雷切丸〉を手にしたまま、じっとレオニスを睨んでいる。

――その時。複数の足音が近付いてくるのが聞こえてきた。

「〈聖剣学院〉の部隊のようだな――」

咲耶はハッと振り返る。

「今宵は失礼しよう。私にも、為すべきことがあるのでな」

レオニスは外套を翻した。明日の講義のレポートの宿題があるのだ。

「ま、待て――！」

咲耶の声が、夜の闇に響くが——
〈魔王〉——ゾール・ヴァディスの姿は、すでにそこにはなかった。

第二章　剣鬼衆

〈聖剣学院〉――屋内訓練場。

「雷光よ、穿(うが)て――〈魔雷槍(ヴィル・ヴァルト)〉！」

紅(あか)く輝く刃(やいば)の切っ先に、魔力の雷撃が宿る。

トレーニングウェア姿のリーセリアが〈誓約の魔血剣(ブラッディ・ソード)〉を振り下ろすと、雷霆(らいてい)は空気を裂いてほとばしった。

「ふむ、〈聖剣〉――異能の力に魔術を付与する。そんなこともできるのですな」

スケルトンの魔導師は感心したように呟(つぶや)くと、杖(つえ)を持つ骨の手を突き出した。

杖の尖端(せんたん)に魔力の光が生まれ、雷光はかき消される。

法術師ネファルガル。レオニス配下の〈ログナス三勇士〉の一体だ。

「まあ、目くらまし程度には、使えるかもしれませぬなぁ」

「ま、まだまだよっ！」

リーセリアは吠(ほ)えると、訓練場の床を蹴って、一気に距離を詰める。

骨の魔導師に肉薄しつつ、口の中で呪文を唱える。

「吹き荒れよ、暴威の風刃――〈魔風烈刃(ジュラ・キレス)〉！」

〈聖剣〉の刃を真一文字に振ると、不可視の風の刃が撃ち出された。

「さすがは、〈吸血鬼の女王(ヴァインパイア・クイーン)〉。すでに莫大(ばくだい)な魔力を備えておいでだ」

その風の刃をこともなげに撃ち落とし、骨の魔導師は賞賛の言葉を口にする。

ネファルガルの言葉は、決して主君の眷属(けんぞく)に対する世辞ではない。

最上級の不死者(アンデッド)であるリーセリアの潜在的な魔力は、エルダー・リッチであるネファルガルを軽く上回るだろう。

「ただし——」

と、ネファルガルは骨の指を左右に振る。

「魔術の構成がまだ甘い。その膨大な魔力も宝の持ち腐れです。もっとも、わずか数日の訓練で、第一階梯(かいてい)の魔術を覚えたのは、お見事ですが」

ネファルガルが杖を突き出すと、リーセリアの周囲の空間がぐにゃりと歪(ゆが)んだ。

重力系統、第二階梯魔術——〈歪重結界(ディヴァン・ゾー)〉。

「……っ、きゃあっ！」

リーセリアは体勢を崩し、訓練場の床に激しく叩(たた)き付けられた。

「……っ、ぁ……くっ……！」

「ネ、ネファルガル、少し手荒ではないか——」

壁際で訓練を見守るレオニスが、スケルトンの魔導師を注意した。

「だ、大丈夫よ……レオ君……」

と、リーセリアは立ち上がり、〈誓約の魔血剣〉を構えなおす。

「まだまだっ、お願いします！」

「……とのことですが、いかがいたしますか？」

振り向いて問うネファルガルに、レオニスは苦笑して肩をすくめた。

（……過保護だった、か）

魔術を習いたい、と言い出したのは、リーセリアのほうだ。

たしかに、〈吸血鬼〉の本領は、莫大な魔力を駆使した魔術戦闘だ。

レオニスとネファルガル、最高位の魔導師二人の薫陶を受けたリーセリアは、凄まじい速度で成長している。

（……優秀な眷属だ。いずれは俺の右腕として、配下を与えることになるだろう）

レオニスは訓練を続けるよう手を振ると、壁に背中を預けた。

配下といえば——と、レオニスはふと昨晩のことを思い出した。

今朝方、シャーリのまとめた報告によれば、〈狼魔衆〉はやはり、軍港に運び込まれた武器を収奪する計画だったようだ。しかし、倉庫のコンテナに搭載されていたのは、武器ではなく〈ヴォイド〉だった。

（……どういうことだ？　人類の敵である〈ヴォイド〉が、なぜ軍港に？）

レオニスは胸中で首を捻った。

そもそも、〈ヴォイド〉を捕獲することなど、できるのだろうか。

〈死都〉の〈巣〉に赴いた折、レオニスは、何体かの〈ヴォイド〉を〈影の王国〉に捕らえていたが、どの個体も時間の経過と共に霧のように消えてしまった。

(……それに、咲耶だ)

彼女はなぜ、あんな場所にいたのか——？

(……まったく、不可解なことだらけだな)

この時代は、力こそがすべてであった一〇〇〇年前ほど、単純な世界ではないようだ。

◆

——一時間後。訓練はリーセリアが床に倒れ伏すまで行われた。

「やはり、陛下の眷属。類いまれな素質がありますな」

「ふむ、そうであろう、そうであろう」

スケルトンの大魔導師の言葉に、満足げに頷くレオニス。

「しかし、魔力制御には、まだ難がありますな」

「それはしかたあるまい。俺も〈不死者〉になったばかりの頃は苦労したものだ」

聖剣の勇者レオニスは、もともと魔術があまり得意ではなかった。

ロゼリアの力で〈不死者の魔王〉として生まれ変わった際は、その莫大な魔力をもてあまし、無意味な破壊をしていたものだ。

「リーセリア様は、わたくしとは魔術の得意分野が違うゆえ、ある程度習得した後は、魔王陛下がご指導されたほうがよろしいでしょうな」

「ああ、そうだな」

しかし、レオニスの習得している魔術は、〈死の領域〉に偏っている。

おどろおどろしい呪文も多いので、リーセリアは、あまり喜ばなそうだ。

「では、わたくしはこれで――」

「うむ、ご苦労だった」

役目を終えたネファルガルが、〈影の王国〉に帰還する。

と、訓練場の真ん中でへばっていたリーセリアがハッと立ち上がり、

「ご、ご指導、ありがとうございましたっ！」

礼儀正しく頭を下げる。

体育会系なお嬢様のリーセリアであった。

「――お疲れ様です、セリアさん」

レオニスは彼女に近付くと、スポーツドリンクのボトルを渡した。

「ありがとう、レオ君」

リーセリアは訓練場の床に座り、ドリンクを喉に流し込む。

スポーツウェアに包まれた、健康的な脚が目に眩(まぶ)しい。

(不死者(アンデッド)に健康的、というのもおかしな話だが……)

レオニスも彼女のとなりに腰を下ろした。

「魔術の習得は、順調なようですね」

「そ、そう？」

「普通は、魔力の扱いに三年、魔術の習得には更に四年かかります。それだって、なかなか早いほうなんですよ」

と、リーセリアは自身の両手を見下ろして、

「なんだか、不思議な感じね。魔力をこんなふうに使えるなんて」

「いま使えるのは、まだ初歩の魔術です。セリアさんは、最上位の〈吸血鬼の女王(ヴァインパイア・クイーン)〉なので、最終的には第七階梯(かいてい)の魔術まで習得することができますよ」

「階梯？」

「呪文のレベルを、おおまかに分類したものです。階梯が高ければ高いほど呪文は高度になり、桁違いの力を行使できるようになります」

「その階梯って、レオ君はどこまで使えるの？」

「僕ですか？　僕は……まあ、秘密です」

レオニスが首を横に振ると――

「ふーん……」

リーセリアは、じとーっとした眼を向けて、レオニスに手を伸ばした。

「セ、セリアさん？　……んっ……わっ、ちょ……！」

ひんやりした指先で、わき腹をくすぐってくる。

「……～っ、ちょ……や、やめてください、セリアさん！　わ、わかりました！　第九階梯、僕は第九階梯の魔術まで使えます！」

たまらず白状すると、リーセリアはくすぐるのをやめてくれた。

「第九階梯？」

「……ええ。第九階梯は魔術の最高位。それ以上は、もう魔術の領域を超えて、破滅の顕現とか天変地異とか、あとは奇跡だとか、そんな名前で呼ばれます。ちなみに、ネファルガルが使えるのは、第七階梯の魔術までですね」

乱れた制服の襟を正しつつ、答えるレオニス。

「レオ君は、すごい大魔術師なのね」

リーセリアが眼を見開く。

（……大魔術師じゃなくて、大魔王ですけどね）

無論、レオニスは第九階梯どころか、第十三階梯までの超域魔術を行使できる。

転生の魔術も、第十二階梯に位置する大魔術だ。

とはいえ、第十階梯以上の魔術は、〈六英雄〉や〈光の神々(ルミナス・パワーズ)〉と戦うための奥の手であり、いかに〈不死者の魔王(アンデッドキング)〉でも、そう軽々に唱えられるものではない。

それに、この子供の肉体では、第十階梯以上の魔術を行使する際の代償に、耐えることはできないだろう。

「魔術は一朝一夕では身に付きません。訓練を続けていきましょう」

「うん、わかったわ」

スポーツドリンクを飲み干して、リーセリアはぐぐっと伸びをする。

「ところで、セリアさん」

「……なに？」

「くすぐりのお返しをしてもいいですか？」

リーセリアは、ちょっと考えるように唇に指をあて、

「いいわよ、レオ君。くすぐってみる？」

「……～っ、冗談……です」

顔を赤くするレオニスを見て、リーセリアは悪戯(いたずら)っぽく微笑(ほほえ)んだ。

……なんだか、この眷属(けんぞく)の少女には勝てないような気がするレオニスである。

「あ――」

と、両手を広げたリーセリアの表情が――

ふと、なにかを思い出したように、ハッとこわばった。

「どうしたんですか？」

「う、うん……あのね……」

首を傾げて訊ねると、彼女は広げた手を自身の胸もとにあてた。

「レオ君、あの……〈聖灯祭〉の日のこと、なんだけど――」

真剣な彼女の様子に、レオニスは何かを感じとり、居ずまいを正す。

――〈聖灯祭〉の日。虚無研究所の地下で、〈竜王〉ヴェイラ・ドラゴン・ロードが目覚め、暴走した。

レオニスはヴェイラを追い、研究所に残されたリーセリアは、その場に居合わせたアルーレ、駆け付けた咲耶と共に、虚無の司祭を名乗るあの男、ネファケスと交戦した。

ネファケスは右腕を失い、撤退したはずだが――

「なにか、あったんですか？」

「……う、うん」

リーセリアは頷くと、意を決したように口を開いた。

◆

「――どうして、そんな大事なことを黙ってたんですか！」

話を聞いたレオニスは、思わず声を荒らげた。

「……ご、ごめんね。大事な任務の前に、レオ君を心配させたくなくて」

しゅん、と正座して反省するリーセリアである。

〈第〇六戦術都市(ゼクス・アサルト・ガーデン)〉でヴェイラが暴走した時、彼女はネファケスと交戦していた。

その際に、なにか黒い結晶のようなものを、胸に撃ち込まれたというのだ。

「そういうのは、本当に危険なんです。手練(てだ)れの魔術師は、呪具を相手の身体(からだ)に埋め込んで、そのまま操り人形にしてしまうことだってできるんですよ」

レオニスは腰に手をあて、ため息を吐(つ)く。

「本当に、気を付けてください。それで、なにか変化はありますか？」

「魔力が不安定になったりとかは、ないみたい。〈聖剣〉も普通に起動できるわ」

（……ふむ、魔力を奪うタイプの呪具ではなさそうだな）

レオニスは、すっとリーセリアの前に身を屈(かが)めた。

「セリアさん、横になってください」

「え？」

「早く――」

「う、うん……」

戸惑った様子を見せつつも、彼女は訓練場の床に横になる。

「少し、痛くするかもしれません。我慢してください」

「え、ええ？」

美しく引き締まった肢体を包む、セパレートのトレーニングウェア。

レオニスは真剣な表情で、手のひらを彼女の胸のあたりにあてる。

「レオ君!?　んっ……ひゃ、ん……♪」

くすぐったそうに、身をよじるリーセリア。

「じっとしていてください。あと、変な声も出さないで――」

「……ぅ……んっ……」

リーセリアは唇を噛んで、吐息を押し殺した。

スポーツウェアに包まれた双丘が、窮屈そうに上下している。

レオニスは指先に魔力を通し、目をつむった。

心臓の近くに直接触れることで、彼女の体内の魔力を視ることができる。

人間の肉体は、局所的に魔力の集まる経絡があるのだが、〈吸血鬼の女王〉となったリーセリアの身体は、魔力が全身にめぐるようになっている。

(……心臓のあたりに、なにかあるな)

瞑目したまま〈眼〉を凝らすと――

楔のように食い込んだ、三角錐の結晶体の形を感知した。

(……っ、これは!?)

その結晶体とよく似たものを、最近、見たおぼえがあった。

(ゼーマインの手にしていた、黒の結晶……)

あの結晶はもちろん回収したが、なにか特別な魔力を帯びている様子はなかった。

(どういうことだ? ネファケスはなぜ、リーセリアにこんなものを――)

「……ふっ、ぁ……レオ、く、んっ……」

リーセリアが苦悶の表情を浮かべ、身じろぎした。

「すみません、痛みますか?」

「……ん、少し……大丈夫、よ」

レオニスの魔力が、心臓に食い込んだ結晶を刺激してしまったようだ。

(……取り出すのは危険だな)

あの結晶は、半分ほどリーセリアの肉体と融合している。

無理に取り出そうとすれば、彼女に大きな苦痛を与えかねない。

「少しだけ、我慢してください。すぐにおわります」

「……うん」

レオニスは空いた左手で、リーセリアの手をしっかりと握った。

心臓の一点に集中し、破壊の魔力を送り込む。

「……んっ⁉」

リーセリアが、びくんっと、跳ねるように身体をのけぞらせる。

同時。心臓に食い込んだ結晶が粉々に砕け散った。

レオニスはそっと手を離し、額の汗をぬぐう。

簡単なように見えて、肉体を一切傷付けず、結晶だけを破壊するのは、並の魔導師には到底不可能な技だ。あれを埋め込んだネファケスも、まさか、取り除ける者がいるとは想定していなかったに違いない。

「これで大丈夫です。結晶は砕きました」

「……あ、ありがとう、レオ君」

緊張が解け、彼女の全身の筋肉がくてっと弛緩する。

念のため、もう一度魔力を視てみるが、痕跡は完全に消え去ったようだ。

（それにしても――）

と、レオニスは胸中で歯噛みする。

ネファケス・レイザード。あの司祭は、なんのために彼女に結晶を埋め込んだのか。

〈第〇三戦術都市〉で遭遇して以来、リーセリアを付け狙っている節があるが――

（……まあ、なんにせよ）

と、レオニスは冷酷な表情で嗤った。

あの小僧は近いうちに、〈魔王〉の恐ろしさを存分に味わうことになるだろう。

（俺は寛大な魔王だが、眷属に手を出した者を許すほど寛大ではない）

リリリリリリ……と、休憩時間の終了を告げるアラーム音が鳴った。

「そろそろ、行きましょう。次の時間は咲耶さんが使う予定ですし」

レオニスはリーセリアの手を取り、起き上がらせる。

屋内訓練場は予約制で、この時間帯は第十八小隊が使用できることになっている。

レギーナとエルフィーネは〈聖剣〉の特性上、この訓練場を使わないので、普段はリーセリアとレオニス、そして咲耶が交代で使っているのだ。

「咲耶なら、今日は訓練場を予約していないわよ」

「そうなんですか？」

講義はサボっても、自主訓練は欠かさない咲耶にしては珍しい。

「ええ、祭礼の準備があるから、しばらくは寮にも戻らないって――」

「祭礼？」

「そういえば、レオ君は知らなかったわね。〈オールド・タウン〉にある〈桜蘭〉の自治領で、毎年〈封神祀(ほうしんし)〉が行われているのよ」

各戦術都市には、〈ヴォイド〉の侵攻によって滅びた王国、都市を、小規模な形で移設したような区画が存在する。〈第〇七戦術都市(セヴンス・アサルト・ガーデン)〉の第Ⅱ地区にある〈オールド・タウン〉もそのひとつで、滅亡した〈桜蘭〉の都市が再現されているのである。

ちなみに、第Ⅵエリアの〈人工自然環境(ビオトープ)〉に、獣人族をはじめとする亜人種族が多く居住しているのも、この政策の一環だ。

「咲耶は巫女(みこ)だから、毎年、〈桜蘭〉の守り神に演舞を奉納しているのよ」

「巫女!?　咲耶さんが、ですか?」

「ええ……わたしも、あまり〈桜蘭〉の伝統には詳しくないんだけど」

(……い、意外すぎる)

いや、そんなことよりも、レオニスには気になることがあった。

「守り神?　〈桜蘭〉には神が——神様が、いるんですか?」

レオニスの知る神といえば、この世界の創造主を気取る〈光の神々(ルミナス・パワーズ)〉、そして、その神々に反旗を翻(ひるがえ)した、叛逆(はんぎゃく)の女神だ。

あるいは、亜神と呼ばれる〈光の神々〉の従属神や、魔神である。ちなみに、その魔神の一体は、今もレオニスの〈影の王国〉の中で眠りについている。

……絶対に、起こしたくはないが。

その〈桜蘭〉の守り神とやらは、レオニスの知る神と同じ存在なのだろうか?

(魔王と六英雄、神々の伝承は、抹消されているかと思ったが……)

しかし、その痕跡のようなものは、どうやら存在するようなのだ。

たとえば、世界を滅ぼす〈魔王〉の存在が、おとぎ話の中には残っているように。

(……〈桜蘭〉の祭礼、少し調べてみるか)

シャーリの調査だけでは、お菓子のおいしい店に詳しくなるばかりだしな。

「えっと、レ、レオ君……」

と、リーセリアがうつむき加減に、おずおずと声をかけてきた。

「……?」

「そんなわけで、咲耶は来ないから、まだちょっと時間があるの」

「……え、ええ……」

「……~っ、だから、その……ね?」

頬を赤く染め、彼女はレオニスの制服の袖をきゅっと握ってくる。

「少しだけ、ですよ。僕の午後の授業がありますので」

「う、うん、ちょっとでいいわ」

最近は彼女のちょっとした仕草で、わかるようになってきた。

先ほどの訓練で、魔力を一気に放出した反動だろう。

レオニスが指先を差し出すと、リーセリアはかぷっと甘嚙みする。

指先に走る甘い痺れ。

（……やれやれ、我ながら眷属に甘いものだ）

と、レオニスは心の中で苦笑した。

◆

「――姫様、例の軍船の積載物ですが、いまのところ出所は不明です」

「……そうか。ありがとう、影華」

〈第〇七戦術都市〉第Ⅱ区画――〈オールド・タウン〉。

賑やかな商店の建ち並ぶ〈風鈴通り〉から、少し離れた平屋敷の中庭で――

咲耶は刀の素振りを続けたまま、背後に跪く少女に返事をした。

この屋敷は、咲耶の後見人である旧王家の家臣、雷翁の邸宅だ。

四日後にある〈封神祀〉に向けた準備のため、咲耶はここのところ、〈桜蘭〉を訪れることが多くなっている。

「姫様、あまり無茶はおやめください」

「ああ、わかってる」

と、肩をすくめて振り向く咲耶（さくや）。

背後の少女は少し不満そうな表情で、咲耶を見上げている。

影華（えいか）は、旧王家に仕える暗部組織――〈叢雲（むらくも）〉の隠密（おんみつ）だ。

咲耶は彼女に頼んで、昨晩、軍港に現れた〈ヴォイド〉の群れと、〈魔王〉を名乗る、あの正体不明の人物のことを調べさせていた。

「まさか〈ヴォイド〉と遭遇戦になるとは思わなかったんだ」

昨晩。咲耶は、最近になって現れはじめた、〈魔剣〉使いを探すため、〈第〇七戦術都市（セヴンス・アサルト・ガーデン）〉を散策していた。

〈魔剣〉――星の力である〈聖剣〉の反転体。

先日の〈巣（ハイヴ）〉の殲滅（せんめつ）任務の際、上級生のライオットを含む三人の学院生が〈魔剣〉の力に蝕（むしば）まれ、暴走事件を起こした。

それだけではない。外部には公表されていないが、ここ数ヶ月（すうかげつ）の間に、何人もの〈聖剣〉使いが、〈魔剣〉の力に呑（の）まれているのだ。

咲耶は、その〈魔剣〉の力を集めている。自身の〈魔剣〉――〈闇千鳥（やみちどり）〉に、ほかの〈魔剣〉を喰わせることで、その力をおのがものとしているのだ。

その強化の代償、あるいは副産物として、彼女は〈ヴォイド〉の気配を感知する能力に目覚めつつある。

ちょうど、付近に〈ヴォイド〉の気配を感じた咲耶は即座に現場へ向かい、そこで、あのエルフの少女と〈ヴォイド〉が交戦しているところに出くわしたのだった。

（……昨晩戦ったあれは、間違いなく〈ヴォイド〉だった）

しかし、虚空の裂け目より現れる、通常個体ではない。

あの化け物共は、積荷のコンテナの中から現れた。

（帝都の軍船が、貨物に偽装して〈ヴォイド〉を運搬した？）

昨晩の出来事は、あまりに不可解だ。

（研究目的のため、軍が秘密裏に〈ヴォイド〉を鹵獲（ろかく）していた、か――）

しかし、これまで〈ヴォイド〉の鹵獲に成功した事例は聞かない。比較的弱い個体を短時間、捕獲に成功したとしても、いずれは虚空の亀裂の向こうに消えてしまうのだ。

そして、戦闘の最中に現れた、あの仮面の人物――

「〈魔王〉、と名乗る者の情報は？」

と、咲耶は〈叢雲〉の少女に尋ねる。

「申し訳ありません。黒雪（くろゆき）、零月（れいげつ）にも調査を命じています」

「いや、いいんだ。そうすぐに尻尾を掴（つか）ませるような奴（やつ）じゃないだろうし」

「ただ――」

と、影華は顔を上げて、

「直接関連があるかどうかはわかりませんが、ここ数ヶ月ほどで、亜人による反帝国組織の活動が変化したように見受けられます」

「例の帝都で分離した過激派テロリストだね」

以前、〈王狼派〉を名乗るテロリストが、王族専用艦〈ハイペリオン〉をジャックしようとした事件があった。

しかし、船に居合わせていた聖剣使い（咲耶もいた）の活躍によって、計画は失敗。指導者のバステア・コロッサフは死亡し、〈王狼派〉は解体に追い込まれたと聞く。

その〈王狼派〉に最近、新たな指導者が生まれ、息を吹き返したというのである。

「その指導者が、〈第〇七戦術都市〉の影の支配者、〈魔王〉を名乗る人物だと？」

「はい、あくまで推測ですが――」

「……なるほど、ね」

薄桜色の唇に手をあて、咲耶は〈魔王〉の姿を思い出す。

殲滅には小隊規模の戦力が必要な、推定カテゴリA以上の強大な〈ヴォイド〉を、ただの一撃で秒殺した、あの圧倒的な力。

あの力は、〈聖剣〉――あるいは〈魔剣〉でしかあり得ないが、なんにせよ、あれほどの力の持ち主が、テロリストの指導者程度に収まるものだろうか……？

――その時。

庭園に響く鳥の鳴き声が、突然、途絶えた。

「……っ!?」

振り向く。と、木立の茂みに、濃密な気配が立ち現れた。

「──何者です！」

影華が鋭い声を発し、袖口の小刀を投げ放った。

パッと茂みの葉が散るが、そこには誰の姿もない。

「──〈叢雲〉も堕ちたものだ。御屋敷に侵入を許すとは」

声は、木立の真上にある、楓の木から聞こえてきた。

そこに、全身黒ずくめの鎧に覆われた、長身の人影があった。

（……対〈ヴォイド〉用装備のプロテクター・スーツ!?）

刀の柄に手をかけたまま、咲耶はその人影を睨み据える。

「貴様っ──！」

「──影華、待って」

懐の暗器を抜き放った影華を、咲耶は手で制した。

「姫様……？」

「──〈剣鬼衆〉。そうだろう？」

と、咲耶は静かに訊ねた。

「左様で御座います、咲耶様——」

ヘルメットの眼が赤く発光し、機械音声が答えてくる。

「……剣鬼衆!? なぜお前達がここに——」

驚愕の声を発する影華。

——〈剣鬼衆〉は、〈桜蘭〉の旧王家に二〇〇年以上仕える武闘集団だ。

諜報を主な任務とする〈叢雲〉に対し、王族の護衛を歴任してきた。

九年前の〈桜蘭〉滅亡の後は、故国の復讐のため、流浪の傭兵団となり、各地の最前線で〈ヴォイド〉との戦闘を続けている。

よく〈桜蘭〉の〈聖剣〉使いは狂戦士、と呼ばれるが、それはこの〈剣鬼衆〉の、死を恐れぬ戦いぶりによるものが大きい。

「旧王家と道を別ったお前達が、今さらなにをしに来た!」

鋭く叫んだ影華に、

「——警告だ」

と、短い答えが返ってくる。

「虚無の招来。この〈第〇七戦術都市〉に、戦場を顕現させる」

「……なんだと?」

訝しげに、そう訊き返して——

咲耶はハッと気付く。

「まさか、〈ヴォイド〉を運び込んだのは、君達なのか？」

「……」

答えは、沈黙。それは否定か、あるいは肯定を意味するのか――

「答えろ。返答によっては、君を帰すわけにはいかない」

咲耶の手にする刀――〈雷切丸（らいきりまる）〉に、雷火がほとばしる。

「旧王家の遺児として、咲耶様には戦場に加わっていただきたい」

「戦場……？　詳しく話せ――」

「此度（こたび）は、あくまで咲耶様に帰還の報告をしに参じたまで。五月蠅（うるさ）い羽虫どものいる場所では、計画は明かせませぬ」

プロテクター・スーツの男は耳障（みみざわ）りな声で嗤（わら）うと、

「――咲耶様がお一人のときに、また参りましょう」

樹上から跳び上がり、影のように姿を消した。

「……っ、待て――貴様！」

影華があとを追おうとするが、すでに気配はない。

あの〈剣鬼衆〉だ。当然、退路を用意して姿を現したのだろう。

「……この〈第〇七戦術都市〉に、戦場を顕現させる？」

呟(つぶや)いて、咲耶(さくや)は唇を強く噛(か)んだ。

（虚無の招来——と、あの男は口にした）

やはり、昨晩、軍港に現れた〈ヴォイド〉と何か関係があるのだろうか。

「止めない、と——」

〈剣鬼衆(けんきしゅう)〉——〈ヴォイド〉への怨讐(おんしゅう)に取(と)り憑(つ)かれた、修羅の集団。

この都市で、なにか想像を絶するような、恐ろしいことが始まろうとしている。

（けど、どうすれば——……！）

——その時。咲耶の脳裏に何故か、その姿が思い浮かんだ。

◆

——〈第〇七戦術都市(セヴンス・アサルト・ガーデン)〉未開発地区。

第四産業エリアに増設された超大型フロートである。

現在、百万以上の人口を抱える〈第〇七戦術都市〉だが、最初期に構想された戦術都市計画によれば、まだ四分の一ほどが未開発のままだ。

完成すれば市街区になる予定のこの場所には、未完成の積層構造物が多くある。

そのビルディングの地下に、四十人ほどの人影が集結していた。

異様な集団だ。全員が、対〈ヴォイド〉用のスーツに身を包んでいる。

その中の一人が、通信機を前に、何者かと会話をしていた。

「──そうだ。あんたのよこした積荷は、全部消えたよ」

「計画の実行には差しつかえあるまい？」

暗号化された音声が答えてくる。

「あれは、あくまで実験用。君達こそが、計画の要だ」

「あんたには感謝しているさ。だが、我々には不要だ。あんなものは」

その男──〈剣鬼衆〉の頭目、宇斬は不愉快そうに吐き捨てた。

〈桜蘭〉最強と謳われた〈聖剣〉の使い手だ。

（否、だった──というべきか）

男はヘルメットの下で、皮肉に口もとを歪めた。

故国を滅ぼした〈ヴォイド〉への復讐のため、苛烈な戦いに身を投じてきた。

全ては、あの仇敵たるヴォイド・ロードを滅ぼすために。

その悲願が、いま叶おうとしている。

「フィレット卿、あとは我々の好きにやらせてもらう」

「もちろん、構わんよ。これは君達の復讐だ」

通信機の奥で、声は嗤った。

ここに集った同志――〈剣鬼衆〉総勢三十七人。すでに覚悟は決まっている。

自分の命も、この〈第〇七戦術都市〉の市民の命も、贄として捧げる。

(悲願を叶えた暁には――我等はみな、地獄へ堕ちるだろう)

九十八時間後――〈大狂騒〉による滅びが、この都市を襲う。

それは、すでに決定した未来だ。

(願わくば咲耶様も、我等と歩みを共にして欲しいものだが――)

――その時。カツン、と――廃墟のビルに、靴音が響いた。

「……っ!?」

唐突に現れたその気配に、その場にいた〈剣鬼衆〉全員が、一斉に跪く。

宇斬さえ、例外ではない。

圧倒的な静寂の中、靴音だけが、空気を震わせる。

純白の装束。腰まで伸びた、蒼炎の髪が、わずかに揺れる。

「刹羅様……」

「――時は満ちた」

と、その少女は――澄んだ鈴のような声で、告げた。

「――我ら〈剣鬼衆〉、怨敵、シャダルク・ヴォイド・ロードを討つ」

少女の声に応えるように、総勢三十七人の〈剣鬼衆〉が鬨の声を上げた。

第三章　ティセラの誕生会

Demon's Sword Master of Excalibur School

「ええ、諸君もご存じの通り、〈聖剣〉には様々なタイプがあるわけですが――」

　教壇に立つ教師の講義を聞き流しながら、

「……ふぁ」

　と、レオニスは小さくあくびを噛(か)み殺した。

〈聖剣学院〉のカリキュラムは、自由に選択し、編成することができる。

　レオニスのカリキュラムは、リーセリアに組んでもらったものだが、この〈聖剣学〉の講義は、レオニスにとってあまり興味を惹(ひ)かれるものではなかった。

　なにしろ、レオニス自身は〈聖剣〉を使えないのである。

（……さすがに、疲労が蓄積しているな）

　机にあごをのせつつ、レオニスは眠たい目をこすった。

　昨晩は、思わぬアクシデントで夜に出かける羽目になった。

　朝はリーセリアの特訓に付き合い、血まで吸われたので、貧血気味だ。

〈不死者の魔王(アンデッドキング)〉であった頃は、まったく眠る必要などなかったのだが、十歳の少年の肉体は良質な睡眠を欲しているのであった。

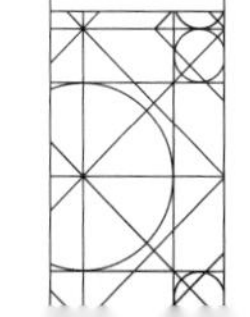

（……まったく、度しがたい）

ふぁ、とまたあくびをしていると、

「レオ君、大丈夫？」

隣りに座るリーセリアが、心配そうに声をかけてくる。

「少年、おねむです？　わたしの胸枕で寝ますか？」

「い、いえ、大丈夫です！」

と、こんどはレギーナがからかってきたので、レオニスはあわてて首を振る。

二人は、同じ講義を受講しているのだ。

「……って、胸枕ってなんですか。膝枕でしょう」

「たぶん、胸枕のほうが気持ちいいですよ」

どこまで本気なのか、レギーナが肩に胸をあててくる。

「……～っ、レ、レギーナさん!?」

レオニスが思わず、顔を赤くすると、

「二人とも、真面目に講義を聴かないと」

優等生なリーセリアが、小声で二人を注意した。

レオニスはふたたび、教壇に目を戻す。

「〈聖剣〉の発現時期は個人によって異なりますが、男子女子を問わず、早ければ五歳、平均で十二歳頃までには、その兆候が現れます。無論、例外はありますが――」

チラ、と教師がリーセリアのほうを見たような気がした。

彼女が〈聖剣〉を発現した十五歳という年齢は、かなり遅咲きなほうなのだろう。

(〈聖剣〉――人類に与えられた、星の力、か)

一〇〇〇年前の世界には存在しなかった、この異能の力は、六四年前の〈ヴォイド〉の発生とほぼ時期を同じくして、人類の一部に発現したという。

その形態は様々で、剣や弓矢のような武器もあれば、それまで人類が見たこともなかったような、不思議な形状の武器も存在する。

また、〈聖剣〉は使用者の魂と共に成長し、あるいは力を失うこともあるようだ。

(……事実、エルフィーネ先輩は長い間、〈天眼の宝珠（アイ・オヴ・ザ・ウィッチ）〉の本来の力を失っていた)

そして――あの〈魔剣〉だ。

(聖剣が星の力だとするなら、魔剣とは一体なんだ……？)

〈聖剣〉とは、本当に星の力、なのだろうか――？

教師の話を聞き流しつつ、そんなことを考えていると――

「ねえ、レオ君――」

と、リーセリアが耳元で話しかけてきた。

「……？」と、レオニスは隣の彼女に視線を向ける。

「年齢的にはそろそろ、レオ君にも〈聖剣〉が発現するんじゃないかしら」

「え？」

きょとん、とするレオニス。

「レオ君は十歳で、〈ヴォイド〉と最前線で戦い続けてきたんだもの。星がレオ君に〈聖剣〉の力を授けても不思議じゃないと思うの」

「……それは、考えたこともなかったですね」

〈聖剣〉の力を宿すことができるのは、人類だけだ。

獣人族や亜人族に、その力が発現することはない。

〈魔王〉であるレオニスが、〈聖剣〉を授かることはないだろう。

――と、当然のように思っていたが。

（……今の俺の肉体は、人間の少年のものであるわけだ）

聖剣の勇者――レオニス・シェアルトの身体（からだ）。

つまり、〈聖剣〉の力を宿す可能性は、あるのかもしれない。

――であるとすれば、それはどんな形をしているのか？

〈聖剣〉の形状は、その魂の形を具現化したものだという。

――杖（つえ）、あるいは剣。それとも、禍々（まがまが）しい死神の鎌だろうか？

そんな思考を弄んだ後、レオニスは静かに首を横に振る。

（まあ、可能性としては、あり得るでしょうが――）

肉体が人間であるとはいえ――

人類の敵対者である〈魔王〉に、〈聖剣〉が宿るはずもないだろう。

――と、そんなことを考えているうちに、講義終了の鐘が鳴るのだった。

「レオ君、今日のお昼ご飯は、フレニアさんのところへ行くわよ」

と、端末を鞄（かばん）にしまいつつ、リーセリアが言った。

「孤児院、ですか」

彼女はフレニア孤児院の食堂で、ときどきアルバイトをしているのだ。

「院で一番年長の、ティセラちゃんのお誕生日なの」

「――そうなんですか？」

八歳のティセラは、孤児院で一番しっかりものの娘だ。〈大狂騒（スタンピード）〉の際に院を守ったことがきっかけで、レオニスによく懐いている。

「だめですよ少年、女の子の誕生日を忘れるなんて」

レギーナがひと指し指をたてて、めっと叱る。

「レオ君も、一緒に来るでしょう？　ケーキもあるわよ」

「それは――ええ、ぜひ」

孤児院の子供たちと交流しておくことは、実際、メリットが大きい。十歳の子供のふりをするにあたり、より怪しまれにくい、ちょうどいい隠れ蓑になるからだ。

同年代の子供たちと冒険ごっこをしている十歳の少年の正体が、この都市の影で暗躍する〈魔王〉だとは、誰も思うまい。

……内心でそんなことを考えている、悪いレオニスであった。

◆

「――軍港で反帝国組織と交戦、ね」

寮の自室で遅めの朝食をとりつつ、エルフィーネは端末のニュースに目を通した。

「このところ多いわね、こういうの」

〈戦術都市計画〉の際、帝国は多くの亜人国家を、なかば強制的に帝国に統合した。

そのことに対する不満の火種は、いまなお燻り続けている。

バターをのせたトーストをすこし囓り、熱いコーヒーを飲む。

優等生の彼女は、すでに座学の講義をほとんど履修しおえている。

午前中のカリキュラムを入れていないので、朝は優雅なものだ。

もっとも、探査系の〈聖剣〉の使い手は、その絶対数が少ないため、都市内で発生するトラブルや、様々な事業に駆り出される。直近のところでは、数日後にある〈桜蘭〉自治区の〈封神祀（ほうしんし）〉だ。

（……まあ、それは自分で引き受けた仕事なのだけど）

先日の〈巣（ハイヴ）〉の掃討任務の際、〈執行部〉メンバーのライオットが〈魔剣〉に蝕（むしば）まれ、〈聖剣士〉としての力を永久に失った。その穴を埋めるため、エルフィーネは〈執行部〉の仕事の一部を肩代わりしているのだ。

ライオットをあんな風にした者たちを、決して許すことはできない。

しかし、今のところ手がかりとなるのは、まるで全貌の見えない〈魔剣計画（demon's sword project）〉というプロジェクト。そして、ミュゼルをはじめ、〈魔剣〉に蝕まれた学院生たちの使っていた、〈セラフィム〉という〈人造精霊（アーティフィシャル・エレメンタル）〉のみだ。

現在では入手することのできない、フィレット社製の精霊。

その精霊の声に導かれ、彼らは〈魔剣〉に堕（お）ちた。

（帝都の〈魔剣計画〉……父が関わっていないはずはない、わよね）

手もとの端末を睨（にら）みつつ、落ちかかる黒髪を噛（か）む。

「フィーネちゃん♪」

「ふあああっ！」

突然、背後から抱きしめられ、あやうく端末にコーヒーをこぼしそうになる。

「ね、ねねね、姉さん!?」

あわてて振り向くと――

そこに、姉のクロヴィアの顔があった。

「ど、どうしてここに？」

「どうしてって、普通に入ってきたのよ」

さも当然、とばかりに人指し指をたてる姉である。

彼女の〈聖剣〉の能力は、〈気配遮断〉だ。

たとえ〈天眼の宝珠（アイ・オヴ・ザ・ウィッチ）〉を起動していても、気付くことはできないだろう。

エルフィーネはこめかみを押さえて、

「そうじゃなくて。なにをしに来たの？　帝都へのスカウトなら、断ったはずよ」

「つれないわね。かわいいフィーネちゃんの様子を見に来たのに」

「……」

この姉は、一体何を考えているのだろう？

（……案外、何も考えていない？　いえ、そんなことはありえないわね）

と――

姉は、エルフィーネの持つ端末に目を落とし、片眉を跳ね上げた。

先ほど読んでいた、テロリストによる軍港襲撃のニュースだ。

「そのニュース、不可解なのよね」

「不可解？」

反帝国組織によるテロ活動。そうおかしな事件ではないと思うが。

「表向きは、そう処理されているけど。その事件、軍の情報統制がかかっているわ」

「……情報統制？　どうしてまた――」

姉は、王宮や騎士団に顔の利く、フィレットの上級研究技官だ。

内部で秘匿された情報を得ていたとしても、不思議はない。

それとも、〈仮想情報都市〉経由でハッキングでもしたのだろうか。

「どうも、軍港で〈ヴォイド〉との戦闘が発生したようなの」

「〈ヴォイド〉が？」

エルフィーネは軽く目を見開く。

〈ヴォイド〉が発生した場合、真っ先に、中央〈聖剣学院〉の管理局、そしてエルフィーネをはじめとする、情報技官に報告が上がるはずだ。

「軍による情報統制。市街区で発生したわけじゃないから、市民を不安にさせないため。いえ、だとしても、学院に報告がないのはおかしいわね」

エルフィーネは顎に手をあてて呟く。

「でしょ？　それで、ちょっと興味がわいてね。調べてみたんだけど――」

と、クロヴィアはエルフィーネの耳に顔を近付けて、

「船に搭載していた積荷の一部、フィンゼル兄さんの企業のものだったわ」

「……っ!?」

フィンゼル・フィレット。フィレット家の次兄で、父の後継者の一人だ。

そして、エルフィーネがリストアップした、帝都での〈魔剣計画〉に関わっている可能性のある人物――

「まさか、その〈ヴォイド〉の発生と、なにか関連が――」

「それは、まあ正直、わからないわ。けれど、敬愛するお兄様は、最近おかしな動きを見せているのよね」

と、クロヴィアは肩をすくめてみせた。

「……おかしな動き?」

「身辺警護のために、〈桜蘭〉出身の元傭兵団と契約したそうよ」

「〈桜蘭〉の傭兵団――まさか、〈剣鬼衆〉を?」

「あら、知ってるの?」

「聞いたことはあるわ。チームメイトに、〈桜蘭〉出身の娘がいるから」

――〈ヴォイド〉を狩り尽くすための戦闘集団。全員が、〈桜蘭〉を襲った〈大狂騒〉を生き残った、歴戦の〈聖剣〉使い達だ。

「護衛に雇う私兵にしては、ちょっと大袈裟すぎると思わない?」

「……たしかに、そうね」

姉の情報が本当だとすれば、兄は一体何をしようとしているのだろう。

あるいは、帝都に巣くう、あの化け物――父の意向で動いているのだろうか。

「なんにせよ、フィンゼル兄さんの動向には、気を付けておいたほうがいいわ。これはお姉さんの親身なアドバイス♪」

「……」

「近々、わたしは帝弟のところに戻るわ。例のスカウトの件、考えておいてね」

そう言い残し、クロヴィアはドアの向こうへ姿を消した。

◆

（……市街は平穏そのものね。昨日はあんなことがあったのに）

〈勇者〉――アルーレ・キルレシオ。

フードを目深（まぶか）に被（かぶ）ったエルフの少女は、道の端できょろきょろとあたりを見回した。

周辺にある積層構造物群は、故郷の森にあったどの木よりも高い。

この都市で、森育ちの彼女が唯一心を落ち着けることができたのは、亜人種族の住む〈人工自然環境（ビオトープ）〉の中だけだった。

そんな彼女が、どうして人通りの多いエリアへ出て来たのかといえば、手に入りにくい日用品を購入するためである。

（……服は、欲しいわね。あと、みんなの使ってる魔導デバイスも）

アルーレの着ているのは、廃墟(はいきょ)となった〈第〇三戦術都市(サード・アサルト・ガーデン)〉で手に入れた、子供用の下着や服だ。彼女の体格はかなり小柄なため、サイズはぴったりなのだが、やはり、ちゃんとした服を手に入れたい。

この時代の情報収集に必要な魔導デバイスのほうは、レーナに市民許可証を偽造してもらったので、問題なく購入できるはずである。

買い物には、レーナが付き添うと言ってくれたのだが、アルーレは断った。

彼女が〈狼魔衆(ろうましゅう)〉——犯罪組織に身を置いているのは、あくまで〈魔王〉ゾール・ヴァディスのことを探り、暗殺するためなのだ。

（……馴(な)れ合(あ)いは心に隙を生むもの）

——なんにせよ。

昨晩の事件で実力の一端を見せたことで、組織内での一定の信頼は得たはずだ。

いずれ、〈魔王〉の側近に推薦される日も来ることだろう。

（復活した〈魔王〉を滅ぼす。それが、私の使命だから——）

無意識に、マントの下に隠した、斬魔剣クロウザクスの柄を握りしめる。

アルーレの前に姿を現した、〈魔王〉ゾール・ヴァディス。
あの虚無の化け物共を、一瞬にして滅ぼした。
彼女が正面から挑んだとして、万に一つも勝ち目はないだろう。
（――あれが本物のゾール・ヴァディスかどうか、確信はないけれど）
彼女は、ゾール・ヴァディスのことを直接は知らない。
旧世界の〈魔王〉を滅ぼしたのは、兄弟子である、勇者レオニスだ。
しかし、その勇者は後に、最強最悪の〈不死者の魔王〉となってしまった。
（……復活した〈魔王〉は、一体だけとは限らない）
もし、他の〈魔王〉たちが、この世界に甦るのだとすれば――
あるいは、その〈不死者の魔王〉も、戦うことになるのだろうか。
と――
「……や、やめてください！」
「あんたたちなんて、レオお兄ちゃんがいれば――きゃあっ！」
ビルの隙間の路地から、幼い子供の声が聞こえてきた。
「ああ？　そのガキが、俺の服に泥を跳ねたんだよ！」
続けて、荒々しい大人の男の声。
アルーレは、フードの中で耳をぺたんとさせた。

（あまり、揉め事には首を突っ込みたくないのだけど……）

だが、勇者である自分が、この状況を無視するわけにはいかない。

声の聞こえる路地へと足を踏み入れると——

三人の子供が、二人の青年たちにすごまれて怯えていた。

「——やめなさいよね。大人が揃って、みっともない」

「ああ!? なんだお前」

声をかけると、男達は振り向き、苛立たしげな声をあげた。

「この棄民のガキがなあ」

「魔導技術が進歩しても、言葉の通じない輩は変わらずいるものね」

ふっ、と肩をすくめると、アルーレは口の中で呪文を唱えた。

「——〈雷光撃〉」

「……がっ、あああああああっ！」

指先からほとばしった小さな雷霆が、男たちを一瞬で失神させた。

威力を加減したので、まあ、死ぬことはないだろう。

「行きなさい。こんどは気を付けるのよ」

「は、はい……ありがとう、ございます！」

三人の子供たちに声をかけると、年長の少女が、お辞儀して顔を上げる。

――と。ふと気付いて、アルーレは蒼(あお)い瞳をわずかに見開いた。

その少女の姿には、見覚えがあった。

以前、行き倒れになっていたとき、手を差し伸べてくれた少女である。

同時に、少女のほうも、フードの下の顔を見てあっと声を上げた。

「あの時の、お姉さん……ですよね？」

「……～っ、え、ええっと……」

アルーレは気まずそうに目を逸(そ)らした。

……お腹(なか)をすかせて行き倒れていたのは、かなり恥ずかしい。

「あ、あのっ――」

と、その少女は遠慮がちに、マントの端を掴(つか)んできた。

「助けて下さったお礼をしたいので、よかったら、わたしたちの院に――」

「い、いいわよ、お礼なんて」

アルーレは首を横に振る。勇者として、当然のことをしたまでだ。

しかし――

「これから、ティセラ姉(ねえ)のお誕生日会なのよ！」

「お姉さんたちが来て、ご馳走(ちそう)とおいしいケーキを作ってくれるんです！」

ほかの二人の子供、快活そうな少女と眼鏡(めがね)の少年が口々に言う。

（ケ、ケーキ……？）

思わず、アルーレはごくりと喉を鳴らした。

それは、彼女の生まれ育った長老の森には、なかった食べ物だ。

この都市に来て、初めてケーキを食べたとき、アルーレは感動のあまり、斬魔剣〈クロウザクス〉を店に忘れてきてしまうほどだった。

「ケーキ……」

あまりお金のないアルーレには、滅多に口にすることのできないお菓子だ。

「レギーナお姉さんのケーキは、ほっぺたが落ちるほどおいしいの♪」

「ほ、ほっぺたが……」

アルーレの口の中に、唾液がこみあげてくる。

日用品や魔導デバイスの購入は、とくに急ぎの用事というわけではない。

「お忙しい、でしょうか？」

上目遣いに聞いてくる少女に、

「す、少しだけなら、大丈夫よ」

と、アルーレは指先でしっぽ髪をくるくるさせつつ、返事をした。

◆

午後。中央区の店で料理の食材を買い込んだ、リーセリアとレギーナ、レオニスの三人は、フレニア孤児院をおとずれた。

「ふう、これだけあれば足りるわよね」

リーセリアが、軍用ヴィークルに積載した木箱を降ろす。

「ずいぶん買い込みましたね」

「子供達みんなの分だもの。余ったら、寮に持って帰りましょう」

「お、重い……ですね、さすがに」

レギーナがむむ、とうなりながら、食材の袋を持ち上げる。

「レギーナさん、僕が持ちましょう」

「え？　少年、大丈夫なんです？」

「……これでも、基礎体力訓練はしていますから」

レオニスは片手で、数キロルはある袋を軽々と持ち上げた。

「へえ……男の子、ですね」

レギーナが驚きの表情で呟くが、

「レオ君、ズルしてるでしょ」

リーセリアがくすっと微笑む。

「……バレましたか」

じつは重力系統の魔術で、重力を緩和しているレオニスである。

彼女が見抜けたのは、ここのところの、魔術訓練の成果だろう。

「ひょっとして、見抜けるかどうかのテストだった？」

「まあ、そんなところです」

「あの、少年とお嬢様は、なんの話をしてるんです？」

レギーナが不思議そうに首を傾(かし)げる。

孤児院の建物の前まで来ると、外で遊んでいた子供たちが駆け寄ってきた。

「お姉ちゃん！」「セリアお姉ちゃんだ！」「レオ兄！」「あっ、レギーナだ！」「レギーナもいる！」「レオ兄ちゃん！」

「むむ、なんで私だけ呼び捨てなんです？」

「レギーナ、早く、ケーキ！」

「はいはい、わかりましたよ……～って、髪をひっぱらないでください」

元気のいい少年たちは、レギーナのツーテールの髪を掴(つか)んで遊びはじめる。

「レギーナさん、人気者ですね」

「はあ……みんな、少年みたいに大人びていればいいんですけどねー」

両方の髪を遊ばせたまま、レギーナは小さくため息をついた。

◆

「よく来てくれたわ。さあ、食堂へ――」

声を聞きつけたフレニア院長が出て来て、レオニス達を中へ案内してくれた。

フレニア院長が、食堂の扉を開けると――

「……っ!?」

テーブルに着いている少女と目が合った。

（なっ!?）

と、レオニスは危うく袋を落としそうになる。

こっちを見て固まっている、その少女は――

（……アルーレ・キルレシオ、なぜここに!?）

間違いない。昨晩、軍港にいたエルフの勇者だ。

「あ――――っ、あなたっ！」

と、レギーナが彼女を指差して叫んだ。

「ひょっとしなくても、〈第〇三戦術都市（サード・アサルト・ガーデン）〉で保護したエルフさんです？」

「エ、エルフ違いよ……！」

あわてたように、ばっとフードを被る彼女だが、時すでに遅い。

「市民登録も済ませずに行方をくらまして、どうしていたの？」

と、こんどはリーセリアが尋ねる。

戦術航空機で廃都から帰還した際、彼女も一緒に連れてきたのだが、〈第〇七戦術都市〉に着くなり、姿を消してしまったのである。

その後は、〈狼魔衆〉に身を寄せているわけだが、それを知るのはレオニスのみだ。

「……」

アルーレが、フードを被ったまま沈黙していると、

「あの、お知り合い……なんでしょうか？」

おずおずと、テーブルの奥に立っていたティセラが口を開いた。

「アルーレさんは、さっき、わたしたちを助けてくれて――」

「……もう行くわ。ありがとう」

と、席を立とうとするアルーレ。

「ま、待って――」

その腕を、リーセリアがあわてて掴む。

「なにか事情があるなら、無理に〈聖剣学院〉に編入してとはいわないわ。あなたは、あの廃都で助けてくれた、わたしたちにとっても恩人だもの」

「……」

「せっかくですし、ケーキだけでも、食べていったらどうです？」

「う、うん、それがいいですっ」

ティセラがこくこくと頷く。

「……わ、わかったわよ」

アルーレは、不承不承といった様子で、ふたたび席についた。

◆

パンッ、パパパパンッ、パンッ！

「ティセラちゃん、九歳のお誕生日、おめでとう」

「あ、ありがとう、ございます！」

嬉しそうな顔をしたティセラが、ぺこっと頭を下げた。

食堂のテーブルの上には、各人の用意したプレゼントの箱がある。

リーセリアのプレゼントは、ティセラの好きな絵本。

レギーナは、クッキー作りに使う押し型だ。

「僕からは、これを……」

レオニスも一応、プレゼントを用意してきた。

豪華な箱から取り出したのは――

「……っ！」

ひと抱えほどもある、骨のオブジェである。

〈死都（ネクロゾア）〉で拾ってきた骨を集め、ドラゴンの形に組み上げたものだ。

「レ、レオ君……？」

「これを作るのは骨が折れましたよ。骨のオブジェだけに」

と、小粋な冗談を交えつつ、得意げに語るレオニス。

「こわーい！」「やだー」「なんか夜中に動きそう……！」

しかし、なぜか院の子供たち（とくに女の子）には不評なようだ。

「少年は、なかなかハイセンスですね……」

「い、一生懸命作ったのよね、うん！」

レギーナとリーセリアも、なんだか複雑な表情をしている。

アルーレだけが「よく出来ているわね、本物そっくりだわ」と妙に感心していた。

（……な、なぜだ、このかっこよさがわからないだと!?）

思っていた反応と違い、内心で焦（あせ）るレオニスだったが――

「あ、ありがとう、レオお兄ちゃん！　すごく嬉（うれ）しいよっ！」

ティセラが椅子から立ち上がって叫んだ。

「ほ、ほら、よく見ると、か、かわいい……気がするもん！」

ふんす、と鼻息を鳴らして力説する。

（……か、かわいい……のか？）

内心で首を捻(ひね)るレオニスだが、とにかく喜んではくれたようだ。

「ふふ、少年も隅におけませんね♪」

レギーナが耳もとでからかうように囁(ささや)く。

「そうだわ。院の外に飾って、泥棒よけにするのはどうかしら」

「ええ、それがいいと思いますよ」

フレニア院長の提案に、レオニスは頷(うなず)く。

実際、この骨のオブジェには、第二階梯(かいてい)魔術〈生ける守護者(アニメイテッド・ガーディアン)〉がかけられていて、なにかあった時、自動的に建物を守るようにしてあるのだった。

「それじゃ、ケーキを楽しみにしててくださいね」

レギーナが席を立つと、院の子供たちが歓声を上げる。

アルーレも一緒に歓声を上げかけて、ハッとしたように口をつぐんだ。

◆

レギーナとリーセリアが料理を作っている間、レオニスは広間で、子供たちと遊んであげることになった。

(遊んでて……といわれても、どうすればいいんだ？)

レオニスは、キッチンにいるリーセリアのほうを恨めしく睨んだ。

子供たちの中ではティセラが一番年上で、その次がミレットとリンゼの姉弟だ。

ティセラは年長のお姉さんらしく、子供たちの面倒をよくみている。

(子供とは、ほとんど遊んだ記憶がないからな……)

ぽつん、と部屋の隅で、遠い過去の記憶を探る。

レオニスも、かつてはこの院の子供たちと同じ孤児だった。

あの頃、ログナス王国には孤児院はほとんどなく、〈魔王〉との戦争で両親を失った孤児たちが、路地裏に多くたむろしていた。

そんな境遇にいた六歳の少年を拾ったのは、後に王国の英雄と呼ばれる男だ。

レオニスはその男の下で、ただひたむきに剣の腕を磨き続けた。

(――因果なものだな。その子供が、後に世界の敵たる〈魔王〉になるとは)

そして、師であったその男との因果は、今なお続いているようだ。

レオニスは顔を上げ、部屋の隅で手持ち無沙汰に座る、エルフの少女へ視線を移した。

アルーレ・キルレシオ——同じ師に学んだ、妹弟子ということになるのだろうか。

彼女の場合は、そもそも人間と触れあったことがあまりないのだろう。

元来、森に住むエルフは排他的で、気難しい種族だ。

よほどのことがない限り、森から出て人間と関わることはない。

（……偶然とはいえ、せっかくの機会だ。少し探りを入れてみるか）

レオニスは立ち上がると、アルーレのほうへ歩み寄る。

「……？」

と、アルーレが気付いて、顔を上げた。

「な、なによ……」

「あ、あの、お姉さん、僕と遊んでくれませんか」

「え、ええ⁉」

彼女は長い耳をぴくっと動かし、戸惑った様子をみせる。

口にしてみれば、まるでナンパのような台詞（せりふ）だが、今のレオニスは十歳の少年だ。

なにも不自然なことはない。

「その、悪いけど……あたしは、人間の子供と遊んだこと、なくて」

「ああ、大丈夫です。僕が勝手に弄ぶので——」

「……え？」

レオニスは唇を歪めて嗤うと、

「〈精神系〉第三階梯魔術――〈精神隷属〉」

小声で呪文を唱えた、瞬間。アルーレの目の光がふっと消えた。

呪文抵抗を試みたようだが、レオニスの魔術の前では抵抗など無意味だ。

レオニスは会話している風を装い、アルーレの隣りに座った。

広間で遊ぶティセラたちは、とくに不審には思っていないようだ。

(――さて、なにを聞き出すか)

と、少し考えて、訊ねる。

「あなたをこの時代に送り込んだのは、森の〈長老樹〉ですか?」

「……そう。あたしは、〈長老樹〉に……使命、与えられた……」

「ふむ、まあ、そんなところだろうな」

〈長老樹〉は、世界の中心にある〈神聖樹〉の一部で、森の神の従属神だ。

〈神聖樹〉の本体は、大賢者アラキール・デグラジオスに喰われたようだが、〈長老樹〉のほうは、森の中で生き残っていたようだ。

「あなたの使命は、この時代に甦るはずの〈魔王〉を滅ぼすことですね?」

「……ええ。この斬魔剣〈クロウザクス〉で、〈魔王〉を」

こくり、と虚ろな目で頷くアルーレ。

「復活した〈魔王〉を、どうやって探す気ですか？」

「それは、簡単。〈魔王〉のいるところには、必ず、破壊と混沌(こんとん)がある……」

「……そうとも限らぬだろうが」

レオニスは呆(あき)れて、眉をひそめるが――

しかし、言われてみればたしかに、竜王ヴェイラ、獣魔王ガゾス、鬼神王ディゾルフあたりは、その方法で発見できそうな気がする。

レオニスのように、慎重に身を隠すような〈魔王〉は少数派だろう。

この様子だと、せいぜいレオニスと同程度の情報しか持ってなさそうだ。

ほんの少し落胆しつつ、続けて尋ねる。

「〈女神〉――ロゼリア・イシュタリスの転生体の情報を、何か持っていますか？」

と――

変化は突然、おとずれた。

「……リ、ア……ロゼ、リア……め、がみ……虚無……の――」

（……なに!?）

突然、目を見開き、譫言(うわごと)のように繰り返すエルフの少女。

「め……が、み……未……来――二つの……」

（精神支配に対する防御反応？　しかし――）

レオニスは瞳に魔力を込め、アルーレの精神を直接視(み)た。

その瞬間。レオニスの脳裏に電流のような衝撃が走った。

（――っ、馬鹿な、攻撃された……だと？）

精神破壊の呪詛(じゅそ)。普通の魔導師であれば、魂を刈り取られていただろう。

アルーレ・キルレシオの背後に、何者かの視線を感じた。

（……何かが、こちらを観察している？）

レオニスは即座に〈精神隷属(ヴァリス・ロ・ゼルマ)〉を解除。念のため、呪詛の類いを受けていないか、自身の身体(からだ)に〈呪詛感知(ディルウ・レア)〉の呪文をかける。

……どうやら、攻撃はあの一瞬だけだったようだ。

（……一体、何者だ？）

真っ先に考えられるのは、彼女を送り込んだ〈長老樹〉が、アルーレを通して外界を観察していた、という可能性だ。しかし――

（……違う。あの視線は、〈長老樹〉などではない。もっとべつの何かだ）

レオニスには、そんな確信があった。

（……失敗したな。安易に手を出すべきではなかった）

たとえレオニスの正体まではたどれずとも、何者かがアルーレに精神支配をかけた痕跡は、あちら側に伝わってしまっただろう。

（ロゼリアの名前に反応したように思えたが……それとも、女神という単語か？）

「……ん、う、んん……？」

アルーレの瞳に光が戻った。

「あ、れ……あたし、何を……？」

「少し、眠っていたみたいですね。もしかして、お疲れですか？」

「え？　ええ、昨日、いろいろあって――」

まだ意識がはっきりしていないのか、ぼんやりと答えるアルーレ。

彼女自身は、何者かに観察されていることを知らないのだろう。

（観察者の正体がわかるまでは、しばらく泳がせていたほうがよさそうだな）

レオニスは胸中でそう結論する。

「――みんな、ご飯ができたわよ」

と、キッチンのほうで、リーセリアの呼ぶ声が聞こえた。

◆

「……わあ♪」

テーブルにところ狭しと並んだ料理を見て、ティセラが瞳を輝かせた。

甘いベリーソースをかけた若鶏のローストに、焼きたてのまるいパン。ベーコンに、リーセリアが自家菜園で育てた野菜をたっぷり煮込んだスープ。

肉団子入りのピラフ。三種類の豆の炒め物。とろけるチーズのパスタ、ミートグラタン、養殖プラントで採れた貝の蒸し焼き。皮を剥いて茹でたスイートコーン。レオニスの好物でもある、レギーナ特製のデミグラスハンバーグ。

「ちょっと作りすぎてしまったので、みんなたくさん食べてくださいね」

レギーナが片目をつむると、子供たちはわれ先にと争奪戦を繰り広げる。

「み、みんな、お行儀が悪いわよ……」

「ティセラ姉も早く食べなよ」

ティセラがたしなめるが、みんな夢中で聞いていない。

「レオ君も、遠慮しなくていいのよ」

「いえ、僕は子供ではないので」

澄ました顔で答えるレオニスだが、すでにハンバーグを確保している。

「ちゃんと野菜も食べないとだめよ。ほら、あの娘みたいに――」

と、リーセリアが視線を向けた先。

テーブルの隅では、アルーレがもくもくとパンと野菜を食べている。

「彼女はエルフですし……」

「本当に、お祭りみたいね。ありがたいことだわ」

フレニア院長が笑顔で、リーセリアにお辞儀する。

「いえ、わたしこそ、いつもお世話になっているので」

「あ、そうだ！　レオお兄ちゃん！」

と、頬（ほお）にソースをつけたまま、ミレットが顔を上げた。

「もうすぐね、〈桜蘭（おうらん）〉でお祭りがあるの」

「……？　ああ、そうみたいですね」

〈桜蘭〉の祭儀の話は、今朝、リーセリアに聞いたばかりだ。

「みんなも、お祭りに行くんですか？」

「うんっ。それでね、レオお兄ちゃんと一緒に行きたいって、ティセラ姉（ねえ）が――」

「……～っ、ミ、ミレット!?」

ティセラが顔を真っ赤にして、パンをのどに詰まらせる。

「少年、行ってあげたらどうです？」

レギーナがくすっと微笑（ほほえ）み、レオニスに水を向けてくる。

「わたしたちも、咲耶（さくや）の演舞を観に行くわよ」

と、リーセリアも頷（うなず）く。

「……そうですね」

〈桜蘭〉の祭儀には、元々興味があったところだ。

あの区画には、まだ自分で足を踏み入れたことはないし、なにより、祀られているという、古代の〈神〉についての情報も気になるところだ。

「いいですよ。僕も行ってみたかったところです」

レオニスの返事に、やった、と小声で喜ぶティセラ。

「じゃあ、当日はみんなで集まって行きましょう」

「わかりました」

レオニスが頷いた、その時である。

『——ま、魔王様、魔王様っ、緊急事態です！』

不意に、シャーリの念話が頭の中に響いた。

『シャーリ、何事だ？』

『〈魔王城〉に、謎の侵入者が現れました」

『……なんだと？』

第四章　魔王城の侵入者

『〈魔王城〉に……侵入者だと？』

と、レオニスは〈念話〉でシャーリに訊（き）き返した。

『――一体、どんな不届き者だ……数は？』

『獣人の報告では、おそらく単独かと思われます。賊の詳細は不明ですが――』

……ふむ、とレオニスは考え込む。

魔王城のダンジョンは、〈第〇七戦術都市（セヴンス・アサルト・ガーデン）〉の地下にある〈門（ポータル）〉と魔術的に接続されている。そうやすやすと侵入されるものではないはずだが。

『賊は獣人の一人を人質に取り、〈門〉へ案内させたと思われます』

……なるほど。配下の忠誠心の低さに怒りを抱くべきなのかもしれないが、彼らは命のないスケルトンや死者の軍勢ではないのだ。命は惜しいだろう。

（――俺が、まだ配下の心を掌握しきれていない、ということだろうな）

「少年、もう、お腹（なか）いっぱいです？」

と、食事の手を止めたレオニスに、レギーナが心配そうな目を向けてくる。

「あ、いえ、少し考えごとをしていただけです」

レオニスはあわてて皿のハンバーグを口に入れた。

『魔王様、不届き者を抹殺するご許可を？』

『む、そうだな……いや、待て。その賊に、少し興味がわいた』

少し考えて、シャーリに待ったをかける。

『俺が出向こう。我が〈魔王城〉にたった一人で乗り込む、その勇気――否、蛮勇に敬意を表して、我が前に膝を屈するならば、配下に迎えてやってもよい』

『では、このまま侵入を見逃すと？』

『ああ。それに魔王城の防衛能力を試すいい機会だ。丁重に迎えてやるがいい』

『かしこまりました、魔王様――』

レオニスはハンバーグの塊を呑み込むと、静かに席を立つ。

「レオ君、どうしたの？」

「少し、食べ過ぎたみたいです。お手洗いに――」

適当にはぐらかし、廊下に出たレオニスは、影の中から一体の骨の戦士を召喚した。

「ログナス三勇士が一人――闘士ドルオーグ、ここに推参いたしました」

軽甲冑を着た骨の戦士が、恭しくレオニスの前に跪く。

「俺はこれから拠点へ戻る。しばしの間、俺の影武者として振る舞え」

「――魔王陛下のご命令のままに」

レオニスはうむ、と頷(うなず)くと、ドルオーグに〈変身〉の魔術を付与した。

骨の戦士の姿がぐにゃりと歪(ゆが)み、一瞬でレオニスそっくりの姿に変わる。

「任せたぞ。くれぐれも、変な行動はとるなよ――」

そう言い残すと、レオニスは〈影〉の中に潜り込んだ。

◆

「まさか、都市の地下にこんな場所があるなんて――」

青白く発光する〈門(ポータル)〉を抜けた先で――

侵入者の少女は、息を呑(の)んだ。

無数の篝火(かがりび)の焚(た)かれた、広大な地下空間。

眼前には、石壁の通路がどこまでも続いている。

〈第〇七戦術都市(セヴンス・アサルト・ガーデン)〉の中に、こんな空間があるはずもない。

であれば、あの〈門〉は――

(……転移装置、なのか?)

そんな魔導技術は、帝都でも実用化されていないはずだが。

「も、〈門〉の先には案内した！　い、命だけは――」

首筋に刀の刃(やいば)を突きつけられた獣人が、必死の形相で叫ぶ。

「まだだ。魔王のところまで案内してもらう」

「……っ、そいつは無理な相談だ。魔王の居場所は、俺たち〈狼魔衆(ろうましゅう)〉の中でも、幹部の連中しか知らねえんだ。この迷宮をずっと下まで降りていきゃあ、いずれはたどり着くだろうがよお、迷宮の下の階層には、そりゃあ恐ろしい魔物どもがうようよと――」

「よく喋(しゃべ)る人狼(じんろう)だ。案内するのかしないのか、どっちなんだ?」

と、侵入者の少女――咲耶(さくや)・ジークリンデは、刃の切っ先を容赦なく食い込ませる。

〈叢雲(むらくも)〉の諜報(ちょうほう)能力を以(もっ)てしても、〈魔王〉の正体についての有益な情報はまったく得られなかったが、配下の〈狼魔衆〉に関しては、〈王狼派(おうろうは)〉の残党を追うことで、ある程度の情報を洗い出すことができた。

その一人にコンタクトを取り、こうして魔王の元へ案内させている、というわけだ。

「……っ、か、勘弁してくれよぉ!」

「悪いね。僕だって、本当はこんなやり方は好まないんだ」

獣人の必死の訴えを、冷徹に断る咲耶。

〈魔王〉――ゾール・ヴァディス。この〈第〇七戦術都市〉の影の支配者。

(仮にも支配者を名乗るのなら、〈剣鬼衆(けんきしゅう)〉の計画は無視できない、はずだ)

〈剣鬼衆〉がなにを計画しているのかは、まだ判然としない。しかし、この〈第〇七戦術(セヴンス・アサルト)・

都市(ガーデン)〉を戦場(いくさば)にしようとしているのは間違いないだろう。

咲耶(さくや)も彼らも、同じヴォイドを狩る復讐者(ふくしゅう)であるが、大義や信念のために無辜(むこ)の民を巻き込むやり方は、決して認めることはできない。

とはいえ、咲耶一人で、あの怨讐(おんしゅう)に取り憑(と)(つ)かれた集団を止められるものではあるまい。

学院の〈管理局〉には、すでに匿名で通報をしてある。

先日の〈ハイペリオン〉での事件以降、〈第〇七戦術都市(セヴンス・アサルト・ガーデン)〉の対テロ警戒網は常に最高レベルで維持されているはずだ。

(けど、相手は〈桜蘭(おうらん)〉最精鋭の〈剣鬼衆(けんきしゅう)〉。管理局では、きっと対処できない)

〈第〇七戦術都市〉は、あくまで対〈ヴォイド〉の最前線基地であり、〈帝都〉のように、内部のテロリストに対処する専門機関があるわけではないのだ。

ゆえに彼女は、この都市に存在する、もう一つの力を頼ることにした。

(強大な力――魔王と交渉し、手を組む)

乗ってくるかどうか、咲耶としては、一(いち)か八(ばち)かの賭けだ。

魔王は――影の支配者を名乗るあの存在は、都市の市民の命を、慮(おもんばか)るだろうか。

交渉に失敗すれば、命はないかもしれないが。

「さあ、案内してくれ」

「ひ、ひいいっ！」

咲耶が、刀の刃をわずかに食い込ませた、その時。

『──我が城へようこそ、勇敢で愚かな剣士よ』

「……っ!?」

地下迷宮の通路に、殷々と響き渡る声。

「〈魔王〉──ゾール・ヴァディス！」

『汝の蛮勇に敬意を表し、存分にもてなそう』

ぽつ、ぽつ、と前方の通路に青白い鬼火が灯る。

「案内……してくれるのかい？」

『ああ。ただし、試練に合格したらの話だ。迷宮を踏破し、我が居城へ至るがいい』

「……望むところだよ」

咲耶は人質を解放すると、〈雷切丸〉の柄を握りしめた。

〈聖剣〉の切っ先に、紫電がほとばしる。

（罠、かも知れないけど……）

しかし、二の足を踏んでいても、しかたあるまい。

〈聖剣〉を構え、咲耶は闇の中へ足を踏み出した。

◆

（……～っ、咲耶(さくや)がなぜここに!?）

骨の玉座に座ったレオニスは、こめかみを押さえつつ唸(うな)った。

手の中の水晶球に映し出されたのは、桜蘭(おうらん)の白装束を翻(ひるがえ)す、青髪の少女。

彼女に、〈魔王〉の正体を探りあてられる可能性は危惧していたが――

（想定外だ。まさか、翌日に魔王城へ乗り込んでくるとは……）

それにしても、一体、何が目的なのか――？

一〇〇〇年前の勇者たちのように、魔王を討伐しに来たわけではあるまいが。

「まあ、お手並み拝見、といったところだな――」

咲耶の実力は、学院の訓練試合で把握している。

個としての戦闘能力は随一で、猪突猛進(ちょとつもうしん)型にも見えるが、判断能力は高い。剣の腕は、人間離れした猛者(もさ)が跋扈(ばっこ)していたレオニスの時代でも、十分に通用するレベルだ。

そして、あの加速の〈聖剣〉――〈雷切丸(らいきりまる)〉。

レオニスはふたたび水晶球に目を落とした。

咲耶は下級のスケルトン兵の群れを斬りまくりながら、矢のように突き進んでくる。

すでに、常人ではその姿を目で追うことさえできないだろう。

（――配下に召し抱えたいほどだな）

現在、レオニスの兵団の中核をなすアンデッドの軍勢は、じつのところ、魔力があれば無尽蔵に生み出せるというものではない。

スケルトンにしろ屍食鬼(グール)にしろ、あるいは屍骨竜(スカルドラゴン)にしろ、アンデッドの作成には、その素体となる骸(むくろ)が必要なのだ。

戦乱の絶えぬ一〇〇〇年前であれば、骸はいくらでも調達できたが、この時代では、そう簡単にはいかない。

あの未知の生命体――否、生命体であるかどうかも不明な〈ヴォイド〉の骸は、時間が経(た)つと虚空へ消えてしまうため、素体としては使えないのである。

すでに配下に加えた〈狼魔衆(ろうましゅう)〉の獣人族たちは、強靱(きょうじん)な身体能力を有しているが、まだ戦闘の経験が不足している。武器を与え、適切な戦闘訓練をほどこせば、〈八魔王〉の一人、獣魔王ガゾス・ヘルビーストの〈獣魔軍団〉のような強靱な軍団を編成できるかもしれないが、それはまだ先の話だろう。

（もし、咲耶を〈魔王軍〉の配下に引き入れることができれば――）

「――魔王様」

と、レオニスの座る骨の玉座のかたわらに、シャーリが現れた。

ティーセットのトレーを持ったまま、恭しく身を屈(かが)める。

「お茶をお持ちしました」

「ああ、すまんな」

短く頷いて、レオニスは紅茶に口をつける。

メイドとしてはポンコツなシャーリだが、紅茶を淹れるのは得意なのである。

「──あの剣士の娘、なにが目的でしょうか？」

水晶球をのぞき込み、シャーリが疑問を口にした。

「わからん。まあ、俺の配下になるためではあるまい」

レオニスは紅茶を啜ると、足下にわだかまる影へ問いかける。

「ブラッカスよ、お前は彼女と親しかったな」

「多少の縁はある」

影がのそりと持ち上がり、巨大な黒い狼へと姿を変える。

「気高い、本物の剣士の心を持つ娘だ」

「ふむ……」

と、レオニスは頷いて、

「では、咲耶を〈魔王軍〉に引き入れるというのはどうだ？」

ブラッカスが耳をぴくっと動かし、シャーリがわずかに眉を吊り上げる。

黒狼の王子は、少し考えるように目を閉じて──

「それは、〈魔王軍〉の最高司令である貴殿の決めることだ」

と、静かに答えた。

「……そうか」

水晶球の中で乱舞する咲耶を眺めつつ、レオニスは黙考する。

咲耶・ジークリンデほどの剣士は、得がたい存在だ。

年齢的にはまだ十四歳の彼女は、これから更に実力を付けていくことだろう。

前線の指揮官として優秀なリーセリアに対し、咲耶は遊撃に適している。

レオニスの配下で似たタイプを挙げるなら、〈不死軍団〉の切り込み隊長として、獅子奮迅の活躍をした、〈冥府の騎士〉、シュタイザー・ハリオルコスだろうか。

それに――

「旧王家の血を引く咲耶を引き込めば、〈桜蘭〉の民をそっくり配下に入れることもできるかもしれないいな――」

……まあ、そう単純なものでもあるまいが。

ともあれ、〈ヴォイド〉を共通の敵としている以上、共闘の余地は十分にある。

「……～っ、魔王様は、また見境なく眷属を増やそうとなさるのですねっ」

シャーリがぷくーっと頰を膨らませる。

「マグナス殿、スケルトン兵が突破されたようだぞ」

「ふむ、さすがだな。だが、想定通りだ」

本気の咲耶に対し、下級のスケルトン兵など相手になるまい。

「次は、〈シャドウ・ビースト〉だ――」

◆

「はああああああっ、雷神烈破斬っ！」

雷光を纏う白刃が虚空に躍り、骨の兵士を、斬って斬って、斬りまくる。

宙を舞う骨が迷宮の壁にあたり、粉々に砕け散った。

（骨の魔物……あの〈魔王〉が生み出しているのか？）

一体一体はそれほど強くはないが、この数が相手では、疲労が蓄積してくる。

「存分に斬れるのは、気持ちいいけどっ――ね！」

ザンッ――！

紫電一閃。雷光が弾け、骨の兵士の群れをまとめて薙ぎはらう。

迷宮を埋め尽くすスケルトンの群れが、ようやく消え去った。

「……はあっ、はあっ、はあっ――」

安堵して、呼吸を整えようとした、次の瞬間。

グルルルルルルウッ！

篝火に揺らめく地面の影が盛り上がり、影の獣となって襲いかかってきた。

「……っ！」

咄嗟に回避し、影の獣を斬り伏せる。

——が、まだだ。地面の影が沸騰するように泡立ち、獣の影は続々と現れる。

「……っ、こ、の……！」

目の前の獣を斬り捨て、そのまま突破しようとするが、すでに回り込まれていた。

骨の兵士どもとは違い、連携して獲物を追い立ててくる。

（……っ、敵の数——行動パターンの予測が欲しい）

次々と襲い来る獣をしのぎつつ、胸中でそんな呟きを漏らす。

エルフィーネ先輩の情報分析。セリア先輩の的確な指揮。

（レギーナ先輩の援護射撃もあれば、なお有り難いな……）

そして、最近部隊に加入した、あの少年——レオニス。

彼は小隊内であまり目立った活躍はしていないが、あの少年がいるだけで、不思議と小隊の動きが円滑になっているような気がする。

ほんの半年前までは、チームメイトとの連携など、考えたこともなかった。

ほかの上級生主体の部隊に加入してはみたものの、結局は、たった一人で〈ヴォイド〉を狩りたてる、そんな戦い方しかできず、すぐに部隊を解雇された。

（――元々は、これが僕の戦い方だった）

〈ヴォイド〉を相手に、修羅のごとく戦う、孤高の剣。

――弱くなった、とは思わない。ただ、強さの質が変わったのは事実だ。

影の獣たちが、うなり声を上げて咲耶(さくや)の四肢に組み付く。

右足に組み付いた一体を斬り伏せるが――

獣は次々と生まれ、影に引きずり込もうとする。

咲耶の全身から、虚無の瘴気(しょうき)が溢(あふ)れ出した。

バヂバヂバヂバヂィッ――！

〈雷切丸(らいきりまる)〉の刃(やいば)に黒い雷光がほとばしる。

魔剣――〈闇千鳥(やみちどり)〉。

小隊の仲間にも秘密にしている、対〈ヴォイド〉戦闘用の切り札だ。

四肢に組み付いた影の獣たちが、一瞬で消滅し、影の中に消えた。

「……っ、こんな、ところで……！」

すっと切っ先を振り下ろし、〈魔剣〉を通常の〈雷切丸〉に変化させる。

ほんのわずかな時間でも、〈魔剣〉を使えば、身体(からだ)は虚無に蝕(むしば)まれてゆく。

「――〈魔王〉……こんなに強力な手勢をしたがえているのか……」

肩で息をしつつ、ふたたび迷宮の奥へと歩みを進める。

と——

『——ほう、〈シャドウ・ビースト〉を倒すとは、予想以上だ。あれは、我が配下の中でも、まあまあ強い部類の魔物だぞ』

「……っ、魔王!?」

通路の先を照らす鬼火が、一斉にふっと消えた。

『テストは合格だ。特別に謁見を許そう』

次の瞬間。咲耶の足下(もと)に、青白く輝く魔術法陣が現れた。

「……なっ……ふわあっ！」

◆

(——なんだ？　咲耶の〈聖剣〉が、変化した？)

レオニスは骨の玉座の上で眉をひそめた。

むろん、使い手の意志で、〈聖剣〉を形態変換(モード・シフト)させることができるのは知っている。

砲撃モードと狙撃モードを切り替える、レギーナの〈猛竜砲火(ドラグ・ハウル)〉などがその例だ。

しかし、咲耶が訓練試合などで、あの黒い刀を見せたことは一度もない。

(……訓練試合では見せない、奥の手ということか？)

形態変換することに、なにか代償があるのか。

それとも、秘密にしておきたい理由でもあるのだろうか――？

レオニスは、玉座の下を見下ろした。

広間の中央に、輝く魔術法陣が生まれ、咲耶(さくや)を玉座の間に転送する。

「……っ、ここは？」

「控えよ、〈魔王〉ゾール・ヴァディスの前であるぞ」

あわてて、きょろきょろとあたりを見回す咲耶に、レオニスが声をかける。

すでに〈魔王〉の仮面を装着し、ブラッカスとシャーリは下がらせてある。

「……レディに対して、ずいぶん乱暴な扱いじゃないか」

状況を理解したらしい咲耶は、すぐに顔を上げて、レオニスを睨(にら)み据(す)えた。

「侵入者に対する扱いとしては、まだしも紳士的なほうだと思うがね」

レオニスが言い返すと、彼女はむ、と口をつぐんで、

「それに関しては謝罪するよ。こうでもしないと、会えないと思ったんだ」

「なるほど。それで、我が魔王城を訪問した理由は？」

問うと、咲耶は〈雷切丸(らいきりまる)〉の切っ先をわずかに下げて、

「〈魔王〉、君は――この都市の影の支配者と称していたな」

「ああ、そうだ。お前たち人間が認めようと認めまいと、この〈第〇七戦術都市(セヴンス・アサルト・ガーデン)〉は、す

でに我が〈王国〉だ――」

「じゃあ、この都市を破滅させようとする者は、君の敵、ということでいいんだね」

「ふむ、我が王国を、破滅させようとしている連中がいる、と?」

「詳しい計画はわからない。けど、何か恐ろしいことを企んでいるのは間違いない。先日、君が埠頭で倒した〈ヴォイド〉、あれを運び込んだのは、おそらくその者たちだ」

「……ほう」

レオニスは仮面の下で、眉根を寄せた。

「運び込んだ? 〈ヴォイド〉は、虚無より生まれ出ずるものではないのか?」

「ああ、そのはず……なんだけど」

咲耶は歯切れ悪く首を振る。

彼女自身、そのことに関して、確証があるわけではないのだろう。

「もし、お前の言うその連中が、〈ヴォイド〉を我が王国に運び込んだのだとすれば、それは、王国の支配者たるこの私に対しての、明確な敵対行為だな」

「〈魔王〉ゾール・ヴァディス、僕は、彼らの計画を止めたい。けど、僕一人の力じゃ無理だ。だから――」

「この私の力を借りたい、と?」

「……ああ」

咲耶（さくや）は切羽詰まった表情で、こくりと頷（うなず）く。

「その連中は、強いのか？」

「強い。数は少ないけど、全員が僕と同じレベルの〈聖剣〉の使い手だ。そして、彼らは死を恐れない」

「――なるほど」

頷いて、レオニスは胸中で考える。

（咲耶と同レベルの〈聖剣〉使いの集団、か――）

そんなものがいるのだとすれば、配下にしたいところだが。

「〈ヴォイド〉であれ、〈聖剣〉使いであれ、我が〈王国〉に手を出す者は、私の敵だ」

レオニスは殷々（いんいん）と声を広間に響かせた。

「よかろう。しかし、〈魔王〉の力を借りるなら、それなりの対価を要求するぞ」

「……」

咲耶は、くっと唇を噛（か）んで――、

「え、えっちな要求か……？」

「……っ、違う！」

レオニスはあわてて叫んだ。

「ち、違うのか……」

ほっと安堵したように息を吐く、咲耶。

「〈桜蘭〉の民と共に、我が配下になれ、咲耶・ジークリンデ」

「……僕が、君の配下に？」

「そうだ。お前を〈魔王軍〉の客将として迎えよう」

「君ほどの実力者が、僕の力なんて必要とするとは思えないな」

「そうか？　私はお前の力を高く買っているぞ」

「〈桜蘭〉の民も、かい――？」

「そうだ。そっくり、〈魔王軍〉の支配下に入ってもらう」

骨の玉座の上で、レオニスは鷹揚に頷く。

「……それは、僕たちが〈人類統合帝国〉の敵になる、ということかな？」

「まあ、そういうことになるな」

「……」

咲耶は唇を噛みしめて、玉座のレオニスをじっと睨んだ。

そして――

「……僕だけなら、いい。だけど〈桜蘭〉の民は、お前には仕えない」

きっぱりと、告げてくる。

「そうか……」

自分だけなら、配下になってもいい。

それは、彼女が覚悟して決めた、苦渋の決断だろう。

自身は〈魔王〉に魂を売ってでも、この都市を護(まも)りたい、ということか。

「では、話はこれでおわりだな」

レオニスは首を振った。

「魔王！」

「私が欲しいのは、〈桜蘭(おうらん)〉そのものだ。それが呑(の)めないのであれば——」

スッと手をかかげ、パチリと指を鳴らした。

「……っ、ま、待ってくれ……な、なにを……ふああっ！」

無数の影の触手が、咲耶(さくや)の全身を絡め取り、影の中へ引きずり込む。

「まあ、よく考えてみることだ。気が変わったら、またこの城を訪れるがいい」

とぷん、と音をたてて、咲耶の身体(からだ)は影の中に沈みこんだ。

〈第〇七戦術都市(セヴンス・アサルト・ガーデン)〉の地下に何カ所かある、どこかの〈門(ポータル)〉に転移したはずだ。

（さて——）

と、レオニスは影の中に潜んでいた、ブラッカスに話しかけた。

「咲耶の話、どう思う？」

「〈ヴォイド〉を運び込んだ者たちか。ずいぶん、きな臭い。ゼーマインや、あのネファケスとかいう小僧、姑息な陰謀を企んでいる連中と、繋がりがあるかもしれぬな」

「ただのテロリストではないだろうな。以前、王女を拐かそうとした〈王狼派〉の背後にも、シャルナークとかいう、胡乱な魔女がいた」

「それで、どうするマグナス殿。その連中、しばらく泳がしておくのか？」

「――まさか」

レオニスは〈魔王〉の仮面を外すと、悪い顔でニヤリと嗤った。

この〈第〇七戦術都市〉への攻撃は、〈魔王〉に対する攻撃と同義だ。

咲耶に頼まれるまでもなく、徹底的に叩き潰す。

「愚かな人間ども、この〈不死者の魔王〉の逆鱗に触れたことを、後悔させてやろう」

◆

「ままならぬものですね。不確定要素のあるゲームは苦手です」

青年司祭は盤上の駒を動かしつつ、口を開いた。

盤の向こう側には、誰の姿もない。ただ、茫漠たる闇が――虚無があるのみだ。

虚無領域の座標上に在る、七色の球状空間。

銀の鍵の〈門〉。あらゆる時空に接する、最極の空虚。

――〈次元城〉。八魔王の一人、〈異界の魔王〉アズラ＝イルの居城で――

虚無の司祭――ネファケス・レイザードは一人、繰り言を呟（つぶや）く。

盤上遊戯の相手をしていた老人は、先日、何者かに討たれた。

「まあ、いいでしょう。盤上遊戯の相手がいなくなったのは、少し退屈ですが」

盤上より目を離し、ネファケスは天井を振り仰ぐ。

「――それにしても、想定外ですね。〈不死者の魔王（アンデッドキング）〉が、すでに滅びていたとは」

〈女神〉の預言は、すでにあるべき未来を逸脱している。

あの最強の〈魔王〉を手駒に加えることができなかったのは、大きな誤算だ。

六英雄の〈聖女〉の実験は失敗し、〈竜王〉ヴェイラは滅びた。

「不確定な因子が、因果律に影響を及ぼしている、と――？」

ネファケスは自問する。

思えば、〈大賢者〉アラキールの暴走から、すでに予定は狂いはじめていた。

「〈第〇七戦術都市（セヴンス・アサルト・ガーデン）〉――やはり、あの人類の箱庭には、なにかがある」

リーセリア・クリスタリア。吸血鬼の娘。

保険として、〈女神〉の欠片（かけら）を埋め込んではみたが――

（あるいは、あの娘ではなく、背後になにかがいるのか……？）

なんにせよ、あらゆる可能性を考慮して動く必要がある。

いずれ、世界は〈女神〉の予見した、在るべき未来へ収束するのだとしても。

「こちらも、運命に干渉する必要が出てきましたね」

「虚無に堕ちたシャダルクを、〈女神〉の器とするつもりか？」

闇の奥で、声が響く。

「――これはこれは、ギスアーク閣下」

ネファケスは微笑を浮かべて答えた。

六英雄の〈龍神〉は、気配もなく、彼の背後に立った。

「あれには、手を出すべきではない。数多の〈神〉を取り込み、〈鬼神王〉ディゾルフを取り込んだ。器とするには不安定すぎる」

「たしかに、そうかもしれませんね」

「〈女神〉を滅ぼすために、虚無に堕ちた英雄。あるいは、あの〈剣聖〉こそが、預言の運命を捻じ曲げている特異点なのではないかと、私はそう考えているのだよ」

「だとすれば、その因果のほころびを手中に収めることができるではありませんか」

ネファケスは盤上の駒を手に取り、弄んだ。

「うぬぼれるなよ、司祭。運命を紡げるのは、〈女神〉だけだ」

「――ええ、わかっていますよ。すべては女神の御心のままに」

司祭は振り向くが、そこにはもう、誰もいなかった。

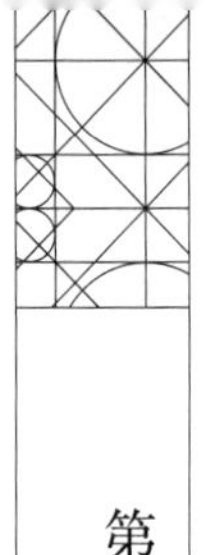

第五章　魔王、桜蘭を探訪す

九年前。それは、空に赤い星の現れた日だった。

星の運行に関わりなく、不規則に現れるその星は、帝国では不吉の星と呼ばれ、〈桜蘭〉では、大凶星と呼ばれていた。

その日、空が真っ二つに割れ、巨大な裂け目より虚無が溢れ出した。

虚無の百鬼夜行は、〈桜蘭〉の都を破壊し尽くし、その民を貪った。

六歳と十三歳の少女だ。

炎に焼かれた街の中を、二人の少女が走っている。

目の覚めるような青い髪。まるで鏡あわせのように、よく似た姉妹だった。

「姉様っ……刹羅姉様っ、咲耶は、もう走れません！」

幼い咲耶は、瓦礫の転がる地面に倒れ込んだ。

「――立って。逃げないと、あの化け物に殺される」

姉が振り返り、咲耶の手をしっかりと掴んだ。

「逃げるって、どこへ？　お父様もお母様も、もう――う、うう……」

咲耶は瓦礫をつかんで、泣きじゃくりはじめた。

「〈桜蘭〉最強の〈剣鬼衆〉はまだ健在のはず。とにかく雷翁のもとへ――」

――と。利羅がハッと顔を上げ、背後を振り向いた。

咲耶も釣られて、同じほうへと視線を向ける。

そこに――一人の人間がいた。

黄金色の髪を伸ばした、長身の偉丈夫だ。

左眼に眼帯。ロングコートに身を包み、その手には片刃の大剣がある。

ひと目見て、その外見は〈桜蘭〉の人間のものではない。そもそも、あの男はなぜ、こんな地獄のような場所で平然としていられるのだろう。

「――お前達が、〈双神〉の巫女、か」

「……!?」

男は、手にした大剣を軽々と振り上げ、ゆっくりと近付いて来た。

その全身からたちのぼる、おぞましい瘴気。

あの人を食う化け物どもと、同じ気配――

「咲耶、行きなさい。せめて、あなただけでも――」

利羅は両手を広げて、立ちはだかる。

「姉様っ……！」

血華が散った。

姉の小さな身体が宙を舞い、地面に転がった。

「……あ、ああ……あああ、あ……姉様あああああっ！」

石畳の瓦礫に、血だまりがひろがる。

咲耶は駆け寄ると、ぐったりと横たわる姉の手を取った。

「……咲……耶、だ、め……逃げて――」

すがりつき、泣きじゃくる咲耶の上に、大きな影が落ちた。

「〈双神〉の巫女。〈女神〉の因子は、一人たりと生かしておくわけにはいかない」

「……っ⁉」

咲耶は、涙ににじんだ視界で、その化け物を睨んだ。

「お前っ……お前はなんだっ、どうして、どうして姉様をっ⁉」

「虚無に名はない。が、かつてはシャダルク――と、呼ばれていた」

片目の男は、冷酷に告げる。

「シャダルク……それが、お前の名前かっ――」

咲耶は、その名前を呪詛のように呟く。

……知ったところで、どうなろう。

ここで、この人の姿をした虚無に、命を奪われるというのに。

「巫女よ、せめて苦しまぬよう逝くがいい」

男は――その化け物は、咲耶の首筋めがけ、大剣を振り下ろした。

◆

「……っ、はあ……はあ……は、あ……」
フレースヴェルグ寮の自室で、咲耶は目を覚ました。
下着が汗でぐっしょり濡れ、肌に張り付いている。
(あの日の夢、最近は見なくなっていたのに……)
額の汗をぬぐい、軽くかぶりを振ると、カーテンを開く。
空はまだ薄暗い。ちょうど、曙光が射しはじめる頃だ。
ベッドから起き上がると、咲耶は姿見の前に立ち、寝間着を脱ぎはじめる。
わずかに膨らんだ胸は、少しだけ成長しているようだ。
――姿見に映るのは、あの日、命を奪われた姉と瓜二つの顔。
髪を伸ばしたままにしていれば、きっと見分けがつかないに違いない。
(……どうする、か)
少しきつくなってきたブラを着けつつ、小さく嘆息する。
あれから、〈剣鬼衆〉の接触はない。

影華（えいか）にアジトを探らせているが、尻尾を掴（つか）むことが出来ない。

無論、彼らの計画になど乗るつもりはない。

彼らの大義がなんであれ、この都市の民を巻き添えにするわけにはいかない。

あの日、〈桜蘭（おうらん）〉を守れなかった〈剣鬼衆（けんきしゅう）〉は、復讐（ふくしゅう）の修羅となった。

（――それは、僕も同類か）

咲耶（さくや）は胸中で自嘲した。

〈ヴォイド〉を倒す為（ため）に、あの虚無の化け物と同じ力を身に宿している。

（……できれば、説得したいところだけど）

〈剣鬼衆〉は、最強の〈聖剣士〉の集団だ。咲耶一人で、止められるものではない。

しかし、〈魔王〉を名乗る者の協力を取り付けることには、失敗した。

どうしたって、あの条件は呑（の）めない。咲耶一人であればいい。しかし、〈魔王〉が〈桜蘭〉の民にも臣従を望むのであれば、断るよりほかない。

（――まあ、命を奪われなかっただけ、幸運と思うべきかな）

その気になれば、咲耶を殺すのは容易（たやす）かったはずだ。

だが、彼は咲耶を地上へ帰してくれた。

（案外、紳士なのかな？　それとも、なにか別の狙いがあるのか……）

そんなことを考えながら、姉の形見の白装束に袖を通す。

「姉様——どうか、〈桜蘭〉を見守って」

◆

「……ふぁ……あ……」

明け方。たっぷり睡眠をとったレオニスは、眠い目をこすりつつ目を覚ました。

カーテンを開けて外を見ると、咲耶が寮の裏手で鍛錬をしている様子が見えた。

（さて、そろそろ行くか——）

ベッドから抜け出すと、まだ寝ているリーセリアを起こさぬよう、部屋を抜け出した。

（……それにしても、昨日は失敗したな）

階段を降りながら、レオニスは頭を抱える。

魔王城に乗り込んできた、咲耶との一件ではない。

ティセラの誕生会に残してきた、身代わりのことである。

あの後、レオニスはすぐに孤児院に戻り、ドルオーグの扮する影武者とふたたび入れ替わったのだが、レオニスが離席したほんの一時間ほどの間に、〈ログナス三勇士〉の英雄は、きっちりやらかしてくれていた。

誕生日のお祝いに歌をプレゼントすると言い出し、よりにもよって、〈魔王軍〉が戦勝した時に歌う、〈暗黒の凱歌〉をフルコーラスで熱唱したそうだ。

……しかも、ものすごい音痴な声で。

レオニスが戻ったときの微妙な空気を思い出すだけで、死ぬほど恥ずかしい。

「レ、レオ君、誰にだって、苦手なものはあるわ！」

「ですです！　少年、こんど一緒にカラオケで練習しましょう！」

「わ、わたしは、レオお兄ちゃんの歌……嬉しかったよ」

そんな慰めが、かえって胸にグサグサ刺さるのだった。

ちなみにアルーレは、料理を食べたあと、すぐに行方を眩ましたそうだ。

リーセリアたちに捕まり、あれこれ詮索されるのを恐れたのだろう。

（……そればかりは、不幸中の幸いであったな）

レオニスが〈魔王軍〉の軍歌を歌う姿など見たら、正体が露見する危険もあった。

（……～っ、闘士ドルオーグ、ザルス王国攻略戦では見事な働きをした英雄だが、貴様に与えた〈鉄血死勲章〉は剥奪だ！）

……と、憤懣やるかたないレオニスであった。

寮の庭に出ると――

ヴンッ、ヴンッ――と、空気を斬る音が聞こえてくる。

浄水用の人口広葉樹の下で――、

「はあああああああっ！」

咲耶が、〈雷切丸〉を抜き放つ。

幾筋もの剣閃がほとばしり、落下した数枚の葉が、地面に触れる前に全て斬られる。

（……またベタな訓練を）

と、思ったレオニスだが、落ちた葉をよくよく見れば、動物の形や幾何学模様、紅葉の葉の形に切るなど、なかなか凝ったことをしていた。

（――剣の腕は、今のリーセリアでは到底及ばんな）

「――誰だい？」

と、咲耶が問いつつ振り返る。

「咲耶さん、おはようございます」

レオニスは近づきながら、丁寧にお辞儀した。

「少年、どうしたんだい？　今日は早起きだね」

「……はい。咲耶さんに、ちょっとお願いがあって」

「お願い？　セリア先輩に内緒で――」

咲耶は少し考えて、

「……ひょっとして、えっちなお願いかな？」

「違います」

レオニスは即答した。……彼女は欲求不満なのだろうか。

「違うのか。早合点してしまったようだね」

「早合点しすぎです。ええと、こんどティセラ――孤児院の友達を連れて、〈桜蘭〉のお祭りに行くことになったので、年長者として、きちんと案内できるように、〈オールド・タウン〉の下見をしておきたいなと思いまして」

と、用意してきたでまかせを、スラスラと口にする。

無論、本当の目的は、〈桜蘭〉に祀られている神の情報だ。

なにか手がかりになるかもしれない。

それに、昨日、咲耶の話した連中を無視するわけにはいかない。〈魔王〉ゾール・ヴァディスではなく、レオニスの立場で、咲耶に話を聞いてみたほうがいいだろう。

「ああ、〈封神祀〉を見に来るのか。少年は初めてだったね」

「ええ、咲耶さんは、巫女として演舞を奉納するって聞きました」

「まあ、ね。少年に見られるのは、少し恥ずかしいな――」

咲耶は少し照れたように頬をかく。

「うん、そういうことなら、僕が案内してあげるよ。今日は御屋敷に戻って、演舞の練習をする予定だったしね」

◆

と、そんなわけで――

リーセリアに怒られないよう、午前の講義を受けた後に出かけることにした。

咲耶はヴィークルの免許を所持していないため、〈オールド・タウン〉には、シャトルバスで移動した。〈第Ⅱエリア〉のステーションで下車して、そこからは徒歩だ。

「けど、セリア先輩は心配してないかな」

「大丈夫ですよ。端末に保護者機能が入っているので、居場所は把握してます」

「……そうか。先輩は、少し過保護だと思うな」

「僕もそう思います」

苦笑して、レオニスは肩をすくめた。

『魔王様、魔王様――』

と、レオニスの脳裏に、声が割り込んできた。

どこかで、レオニスを護衛しているシャーリだ。

目線だけで周囲を見回すと、ビルの上に、メイド姿の少女が立っているのが見えた。

目立つ場所だが、気配を遮断しているので、常人には発見できまい。

『どうした、シャーリ。なにかあったのか？』

『いえ、調査でしたら、わたくしに任せていただければと――』

……どうやら、レオニスが自分の足で赴いたことに納得がいかないらしい。

遠目にも、ぷくーっと可愛く頬を膨らませているのがわかった。

『お前の調査を軽んじているわけではない。ただ、自分で足を運ばねば、見えぬものもあるだろう、ということだ』

『……なるほど、さすがは魔王様』

ビルの上で、シャーリは敬服したように一礼する。

『お菓子のお店はご自身の好みで探されたい、ということですね』

「……いや、違うぞ」

と、レオニスは思わず、口に出してツッコんだ。

「少年、なにが違うんだい？」

隣を歩く咲耶が、きょとんとして振り向く。

「いえ、なんでもありません」

レオニスはあわてて誤魔化した。

しばらく歩くと、〈オールド・タウン〉のゲート前に到着した。

門の外と中とでは、雰囲気がまるで違う。

高層ビルは点在しているものの、大通り沿いには木造の建物が目立つ。

「このゲートをくぐれば、〈桜蘭（おうらん）〉の自治区だよ」

二人はＩＤカードを翳（かざ）し、ゲートの中に入った。

「この建物は、〈桜蘭〉から移設したんですか？」

「いや、こっちで新しく建てたものだよ。九年前の〈大狂騒（スタンピード）〉で、王都は完全に焼け野原になってしまったからね。移設できたのは、祭殿に祀（まつ）る石だけなんだ」

「……っ、すみません、無神経なことを――」

寂しげに答えた咲耶に、レオニスがあわてて謝ると、

「ああ、気にしないで。君は子供なのに、よく気がまわるね」

咲耶は面白がるように、くすっと笑った。

「さ、行こう。あ、ヴィークルが結構走ってるから、気を付けて――」

レオニスの手を取り、ぐいっと引っぱる。

「さ、咲耶さん、手は繋（つな）がなくて大丈夫ですよ」

「ふふ、お姉さんと手を繋ぐのは、恥ずかしいかい？」

「……恥ずかしいです」

と、頬をわずかに赤く染めつつ、答えるレオニス。

「すぐに慣れるよ。さ、行こう」

「……えっ、ちょ……咲耶さん！」

◆

「この大通りをまっすぐ進むと、〈祭殿〉があるんだ」

咲耶に手を引かれるままに、レオニスは歩く。

最初こそ恥ずかしかったが、彼女の言うように、すぐに慣れた。考えてみれば、ヴィークルの往来の多い通りで、お姉さんが十歳の子供の手を引くのは自然なことだ。

（……俺の自意識過剰であったか）

マイペースに颯爽と歩くイメージのある彼女だが、歩くペースを、ちゃんとレオニスの歩幅に合わせてくれている。いままで知らなかった、彼女のお姉さんな一面だ。

「結構、人が多いんですね」

きょろきょろとあたりを見回しつつ、レオニスは訊ねた。

先日、傍若無人なドラゴン魔王を案内した、〈セントラル・ガーデン〉の娯楽エリアほどではないが、なかなかの人通りだ。

〈聖剣学院〉の制服を着た学生の姿も、かなりの頻度で見かける。

「うん、ここは〈セントラル・ガーデン〉より雰囲気が落ち着いているし、お洒落な雑貨屋さんとか、スイーツの名店も多くて、意外と人気のスポットなんだ」

「……なるほど」

……どうりで、最近シャーリがここの調査報告ばかりしてくるわけだ。

そして、歩いているうちに、もう一つ意外なことに気付く。

「咲耶さんみたいな格好の人、あまり歩いてませんね」

通り沿いのお店の人は伝統服を着ているが、行き交う人々の服装はまちまちだ。

「まあ、ここの人達も、普段は中央で仕事をしているからね」

……それもそうか、とレオニスは納得する。

しばらく大通りを歩いていると、噴水のある大きな円形広場に出た。

泉の前には、狼の形をした石像が飾られていた。

（……ガーゴイルか？）

と思ったが、魔力を感じないので、ただの石像のようだ。

「狼は、〈桜蘭〉の守護獣として信仰されてるんだ」

と、レオニスの視線に気付いた咲耶が教えてくれた。

「祭殿なんかには大抵、二匹の狼の石像が置かれているよ」

咲耶は石像の狼の頭をよしよしと撫でて、

「黒鉄モフモフ丸に似ていると思わないかい？」

「はあ……」

……正直、あまり似ていないが、適当に相づちを打つ。

「ところで、どうしてモフモフ丸なんですか？」

「モフモフしてるものは、だいたいモフモフ丸だよ」

と、なぜか親指を立てる咲耶。

「スポンジは？」

「モフモフ丸だよ」

「羽毛の枕は？」

「モフモフ丸だね！」

「……」

レオニスは深く考えるのをやめた。

「ときに少年、お腹は空いていないかい？」

「そうですね、少し」

朝食は食べて来たが、結構歩いたので、そろそろお腹が空いてきた。

……まったく、不便な肉体だ。

「ランチにはまだ早いね。そこのお店で、おやつを買ってこよう」

「ええ、セリアさんには、内緒でお願いしますね」

ご飯の前に勝手におやつを食べると、怒られてしまうのだ。

「わかった。秘密にしておくよ」

咲耶は片目を閉じて、ひとさし指を唇にあてた。

広場の前にあるお菓子のお店で、レオニスと咲耶は鯛焼きを買った。

鯛焼きは最近のシャーリのお気に入りで、よくお土産に献上してくるお菓子だ。

「この魚の形のおやつは、〈桜蘭〉が発祥なんだ」

広場のベンチに座ると、咲耶は鯛焼きを指で半分にちぎった。そして、頭のほうをレオニスに差し出してくる。

「……？」

レオニスがきょとんとしていると、

「君のチョコレートと、僕のカスタードを、半分交換しないかい？」

「ええ、いいですよ」

レオニスは鯛焼きを半分にちぎり、同じく頭のほうを渡した。

「ふふ、一度、やってみたかったんだ。一人じゃできないからね」

咲耶は頭としっぽをくっつけて、ふたたび一匹の鯛焼きにしてみせる。

「……咲耶さん、子供みたいですね」

思わず苦笑しつつ、レオニスはカリカリの鯛焼きをかじる。

甘いカスタードクリームがとろりと溢れ出した。

「……む、君だって子供だよ、少年」

咲耶(さくや)は、レオニスの頰(ほお)についたクリームを指でぬぐい、ぺろっと舐(な)める。

「……～っ！」

「ん、どうしたんだい、少年？」

レオニスが顔を赤くしていると、咲耶は不思議そうに首を傾(かし)げた。

こういうことを天然でしてくるのが、からかい上手なレギーナと違うところだ。

「そういえば、咲耶さんは〈桜蘭(おうらん)〉のお姫様……なんですよね」

レオニスはふと疑問に思ったことを訊(たず)ねた。

「……ん、もう姫ではないけどね」

と、肩をすくめる咲耶。

「ここの人達は、なんというか、普通に接してくるんですね」

道行く人々に声をかけられるわけでもないし、先ほど鯛焼(たいや)きを買った店の店員も、とくに咲耶を王族として特別扱いする様子はなかった。

強固な身分制度のあった一〇〇〇年前の時代には、考えられないことだ。

「ああ、昔からの家臣なんかは、まだ僕のことを姫様と呼ぶけど、この〈第〇七戦術都市(セヴンス・アサルト・ガーデン)〉で〈聖剣学院〉の学院生になれば、元の国の身分なんて関係なくなる。みんな同じ、人類の敵である〈ヴォイド〉と戦う騎士になるんだからね」

咲耶は涼しげな顔で、そう答えた。

（……なるほど、そういうものか）

――考えてみれば。

王家の血を引くことを隠しているレギーナはともかくとして、リーセリアはクリスタリアの公爵令嬢だし、エルフィーネも帝都にある巨大な財閥の令嬢らしい。

しかし、学院の中では、一人の学生として扱われる。ミュゼル子爵とかいう馬鹿を除けば、〈聖剣学院〉の生徒はみな、元の身分を気にしている様子はない。

レギーナがリーセリアをお嬢様と呼ぶのは、あくまで個人的な主従の絆だ。

「だから、僕が旧王家の姓でなく、帝国名のジークリンデを名乗っているのは、〈聖剣学院〉の騎士として生まれ変わった、僕なりの決意の表明だよ」

言って、咲耶は晴れ渡る青空を見上げるのだった。

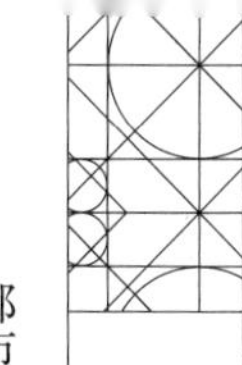

第六章　双神

Demon's Sword Master of Excalibur School

都市内の運河を渡る連結ブリッジを越えると、こんどは閑かな場所に出た。

通りの先には、鬱蒼と茂る人工樹の森が見える。

「〈封神祀〉の祭壇は、あの森の中にあるんだ」

「あの――」

「なんだい？」

「――〈桜蘭〉の守護神というのは、本当にいるんですか？」

子供の無邪気な疑問の体で、レオニスは訊ねた。

ただの伝承なのか、それとも、本当に神を封印しているのか。

それは、レオニスにとっては重要なことだ。確かめておかねばなるまい。

咲耶は、少しの間沈黙した。

不躾な質問に、気を悪くしたのかと思ったが、

「――〈桜蘭〉の守護神は、いるよ」

と、前方にひろがる森を見ながら、彼女は答えた。

「〈風神鬼〉と〈雷神鬼〉。〈桜蘭〉は三百年の間、二柱の神様に守られてきたんだ」

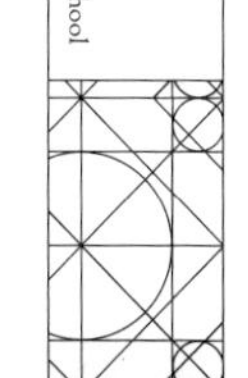

「二柱？〈桜蘭〉の神様は、二人いるんですか？」

「……うん。いまでは、一柱になってしまったけどね」

「え——？」

と、疑問の声を上げるレオニスだが——

咲耶はそこで足を止めた。

立派な門構えの、大きな屋敷の前だ。

「ここは？」

「僕がお世話になっている、雷翁の御屋敷だよ」

魔力による生体認証を行い、中に入る。

屋敷の敷地内には、広大な庭園がひろがっていた。

よく手入れされた庭木が植えられ、大きな池まである。

積層建造物ばかりの〈セントラル・ガーデン〉には、まず存在しない建物だ。

レオニスが感心して眺めていると、

「——咲耶様、お待ちしておりました」

屋敷の中から、一人の小柄な老人が姿を現した。

（ほう——）

と、レオニスは興味深げにその老人を観察する。

はた目には、ただの老人に見えるが、レオニスにはわかる。

（……これは、武の達人だな）

その枯れ木のような腕は、人を簡単に殺めることができるだろう。

戦士、というよりは、暗殺者に適性のあるタイプだ。

（……死した後は、質のいい〈スケルトン・アサシン〉にできそうだな）

と、胸中でとても失礼なことを考えるレオニスである。

「すまない、少し遅くなってしまった。彼に〈オールド・タウン〉を案内していてね」

老人はレオニスのほうへ視線を向けて、

「咲耶様、そちらの少年は――？」

「彼はレオニス。僕の小隊の仲間だよ」

「おお、そうでしたか。お話はうかがっております」

「咲耶さんには、いつもお世話になっています」

レオニスは礼儀正しく頭を下げた。

「さあ、どうぞ中へ。いまお茶をご用意いたしましょう」

屋敷の中に案内されると、レオニスは庭園のよく見える縁側に座った。

〈聖剣学院〉の敷地内にも庭園はあるが、その趣はかなり違う。失われた故国の景色を、この庭の中に表現しているようだ。

「〈第〇七戦術都市〉に植えられている街路樹は、海水の浄化機能を備えた環境調整樹木だけど、この庭の木は、〈桜蘭〉の樹木を移植したんだ」

レオニスの後ろで、咲耶が庭に生えた一本の樹を指差した。

「本当は、春になると美しい花が咲くんだけど、強襲タイプの〈第〇七戦術都市〉は、しょっちゅう各地を転戦してるから、花の咲くタイミングはまちまちなんだ」

「……なるほど」

「姉上はいつも、あの桜の花が咲くのを、楽しみにしていたな」

と、遠くを見るように呟く咲耶。

「……」

咲耶の姉は、〈桜蘭〉が滅亡した日に死んでいる。

彼女が制服の下に着ている白装束は、その姉の形見だという。

風が吹き、庭に生えた木々の葉がさざめくような音をたてる。

と、奥に見える池に、大きな波紋が広がって――

ザバアアアアッ――！

突然、黒い塊が水面から突き出した。

「……なっ⁉」

思わず、声を上げるレオニスだが、咲耶はとくに驚いた様子もなく、

「やあ、モフモフ丸も来てたのか」

と、口もとを嬉しそうにほころばせる。

水に濡れた巨大な黒狼は、のっそりと這い出ると、ぶるぶると水を飛ばした。

そして、縁側に座るレオニスと目が合った。

『おお、マグナス殿』

『なにをしている、ブラッカス』

と、レオニスは〈念話〉を返した。

『沐浴だ。学院のプールで泳ぐと、驚かれるのでな』

『それは、そうだろうな』

『この間など、通報されて駆除されそうになった』

『……そ、そうか。それは大変だったな』

ブラッカスは、学院内の狩猟同好会に狙われているのだ。

学院に籍をおいているレオニスや、人の姿をしているシャーリと違い、ブラッカスは表立って活動すると、どうしても目立ってしまう。無論、人の姿に変身する魔術はあるが、

ブラッカスの場合、とある事情により、それが出来ないのである。

「モフモフ丸は、よくこの屋敷へ遊びに来るんだ。本当はこの屋敷で飼ってしまいたいけど、雷翁は、あの獣を飼うのは無理だって――」

「……そうでしょうね」

ブラッカスは誇り高き、〈影の王国〉の王子だ。誰も彼を従えることはできない。

レオニスとの関係も、あくまで友誼を結んだ客将であり、決して配下ではないのだ。

その気高い王族は、桜の木の下で気持ちよさそうに寝そべった。

「――お茶でございます」

と、雷翁がお茶とお菓子をのせたお盆を運んできた。

「ありがとうございます」

「それじゃあ、僕は演舞の練習をしてくるよ」

と、咲耶が立ち上がった。

元々、彼女はそのためにここに来たのだ。

「夕方頃にはまた屋敷に戻ってくるけど、もし一人で帰るなら、バスを利用するといい。少年は一人でバスに乗れたよね？」

「ええ、大丈夫です。ありがとうございました」

「なに、僕も少年とデートできて楽しかったよ。まだ案内していない場所もあるから、今度はゆっくり回れるといいね」

◆

——咲耶が立ち去った後。

「どうでしたかな。〈桜蘭〉の景色は——」

雷翁はレオニスの横に座ると、ゆっくりと茶をすすった。

「とても興味深かったですね。お祭りが楽しみです」

「それはよかった」

と、彼は庭にうずくまる黒狼を眺めつつ、

「咲耶様は、少し変わられましたな」

「……そうですか？」

「はい、ここに来たばかりの頃は、氷のように心を閉ざしておられました」

レオニスは、その頃の咲耶を知らない。

ただ、彼女の心を溶かしたものがあるのだとすれば、それは——

（……リーセリア、なのだろうな）

レオニスは胸中で呟くと、

「ところで、お尋ねしたいことがあるのですが」

お茶を飲みほして、トンと、縁側の床に置く。

〈桜蘭（おうらん）〉の旧王家に仕える家臣であれば、いろいろ知っているだろう。

「なんですかな?」

「〈桜蘭〉の守り神とは、どんな神様なのですか?」

「ふむ、ご興味がおありですかな」

「咲耶（さくや）さんから、少し話を聞いて――〈桜蘭〉には二柱の神がいた、と」

「……ええ、その通りです」

と、雷翁（らいおう）はうしろを振り返り、建物を支える柱を指差した。

「あそこに彫られているのが、〈風神鬼（ふうじんき）〉と〈雷神鬼（らいじんき）〉です」

「あれが……?」

彫刻されているのは、雲の上で睨（にら）み合う二体の巨人だ。

「その名の示すとおり、〈雷神鬼〉は稲妻を、〈風神鬼〉は大嵐を呼び起こし、〈桜蘭〉に危機が迫った時は、その力を振るい、国を護（まも）ったのです」

「――では、その二体の神は、実在するんですね」

「無論ですとも。〈桜蘭〉の神は、伝説上の存在などではありません」

雷翁は首を横に振った。

「わたしは、双神が、〈ヴォイド〉と戦うところを、この目で見ました」

──九年前。〈ヴォイド〉の〈大狂騒〉が、〈桜蘭〉の地を襲った時。

王家は虚無の軍勢に対抗するため、二体の神の封印を解き放った。

〈雷神鬼〉と〈風神鬼〉は、その凄まじい力を以て無数の虚無を討ち滅ぼし、〈桜蘭〉は救われるかに思われた──

「──ですが、わずかな希望が見えたその時。あれが現れたのです」

〈大狂騒〉を呼び起こした──〈統率体〉。

虚空より現れた〈ヴォイド・ロード〉は、わずか数分で二体の神を撃破。

沈黙した〈風神鬼〉を喰らい、己の中に取り込んだ。

「……神を、喰った？」

レオニスは驚いて、訊き返す。

「そうです。あれは──神を己の中に取り込んだのです」

嵐の神と融合した〈ヴォイド・ロード〉は、その権能をも手に入れた。

そして、〈桜蘭〉は虚無に蹂躙され──

三百年の歴史に終止符を打たれた。

（……なるほど、な）

と、レオニスは今の話から、〈桜蘭〉の神の正体を推測する。

（その二体の神というのは、おそらく――〈亜神〉であろうな）

――〈亜神〉とは、〈光の神々〉に生み出された従属神だ。

真なる神々には及ばぬものの、凄まじい力と権能を振るう。

〈魔王軍〉も、〈亜神〉には手を焼いたものだ。

……それにしても、疑問が残る。

その〈風神鬼〉が〈ヴォイド・ロード〉に喰われたのであれば――

「もう一体の神は、どうなったんですか？」

訊ねると、雷翁は頷いて、

「〈ヴォイド・ロード〉が〈風神鬼〉を取り込んでいる間に、深手を負った〈雷神鬼〉を、刹羅様が封印しました。守護神たる〈雷神鬼〉を失えば、〈桜蘭〉は本当の意味で滅びてしまう――そう考えたのでしょう」

「……正しいと思います」

〈魔王軍〉が滅ぼした国の中には、滅亡することが明白であるにもかかわらず、徹底抗戦を唱え、最後まで抵抗した王が何人もいたが、愚かなことだ。

たとえ敗北を喫しようと、希望があれば、再起をはかることができる。

ロゼリアが、その魂を一〇〇〇年後に残したように。

「――守護神を失った〈桜蘭〉は滅亡しました。百鬼夜行の軍勢は、数多の砦を破り、都にまで進軍し、祖国を蹂躙(じゅうりん)し尽くしたのです。王都には、〈剣鬼衆(けんきしゅう)〉と呼ばれる〈聖剣〉使いの集団もおりましたが、圧倒的な数の前に敗れました。そして、咲耶(さくや)様の姉である、刹羅様も――お守りすることができなかった」

　老人の顔に悔恨のしわが刻まれた。

　大切なものを守れなかった、彼のその気持ちは、レオニスにもよくわかる。

　しかし、いまレオニスがそれを口にしたところで詮無いことだろう。

「――そして、〈桜蘭〉の双神は、〈雷神鬼〉のみとなったのです」

と、雷翁は静かに話を締めくくった。

　吹く風に、庭の木々がざわめくように揺れた。

「それじゃあ、その残った一体の守護神は、いまも〈桜蘭〉の地に？」

「いいえ、そうではないのです」

　レオニスが訊ねると、雷翁は首を横に振り、下を指差した。

「……え？」

　それがなにを意味するのかわからず、眉をひそめると、

「〈桜蘭〉の守護神は、この〈第〇七戦術都市(セヴンス・アサルト・ガーデン)〉に封印されているのです」

　彼は、そんな突拍子もないことを口にしたのだった。

◆

屋敷を出た咲耶は、移設した鎮守の森にある祭殿へ向かった。

その足取りは、普段よりも少し軽い。ここのところ気が張り詰めていたので、レオニスとのデートはちょうどいい気分転換になった。

（短い時間だけど、楽しかったな）

見慣れた〈オールド・タウン〉の景色も、彼と一緒に歩くと、少し違って見えた。

（こんどは、甘味のお店に連れて行ってみようか。いや、彼を連れ出すには、セリア先輩の許可が必要かもしれないな。過保護だし……）

胸中で苦笑しつつ、木々の生い茂る、祭殿の敷地に足を踏み入れる。

と——

『——咲耶様』

「……っ!?」

森の中に、突然、気配が生まれた。

咲耶はぴたりと足を止め、茂みの向こうへ鋭い眼差しを投げかけた。

姿は見えない。だが、何者かと、誰何するまでもない。

（〈剣鬼衆〉……）

気配を探る。五、六人――あるいは、もっといるだろうか。

「姫巫女の聖域に足を踏み入れるとは、罰当たりだね」

『無礼は承知。しかし、ここでなら、余計な邪魔も入りますまい』

闇が形を取り、目の前に浮かび上がった。

真っ黒な、対ヴォイド戦闘用のプロテクター・スーツ。

先日、先触れに現れた男と違い、変声器は使用していない。

その声には、聞き覚えがあった。

「――宇斬、か。子供の頃は、よく遊んで貰ったね」

「お久しぶりでございます、咲耶様」

男は礼儀正しく跪き、臣下の礼をとった。

しかし、咲耶は鋭い眼差しのまま、

「――〈魔剣〉の気配、少しは隠した方がいいんじゃないかな」

と、厳しい声で告げる。

「君たちからは、虚無の気配を感じるよ」

宇斬の背後で、ざわつくような気配があった。

「……〈魔剣〉の力、ご存じでしたか」

「どこで手に入れた？　その力を使えば虚無に蝕まれると、知っているんだろうね」

「無論です、咲耶様」

と、彼は即答した。

「……っ、知っているなら、どうして――！」

「復讐のため、我々の悲願を為すため、この呪われし力が必要だったのです」

「……っ、復讐――」

咲耶はハッとした。

「お前たちは、ここで、なにを起こす気なんだ？」

「――我らの最終目的を」

「なに？」

「九年前、〈桜蘭〉を滅ぼした、あのヴォイド・ロードを、この地に召喚するのです」

「……っ、な……んだって!?」

◆

「――〈桜蘭〉の神が、〈第〇七戦術都市〉に封印されている？」

レオニスは驚きの表情を浮かべ、訊き返した。

「驚かれるのも無理はありません。しかし、事実です」

「……」

一〇〇〇年前、レオニスは多くの神々と戦った。この海上都市(メガ・フロート)はたしかに広大だが、封印された神の気配など微塵(みじん)も感じなかった。

（そんなものが封印されていれば、俺やブラッカスが気付かぬはずがない。いや、完全な不活性状態であれば、あり得るのか？　しかし――）

――と、そこで。レオニスの脳裏にふと閃(ひらめ)くものがあった。

（……っ、まさか!?）

――ひとつだけ、心当たりがあった。

レオニスの知る過去には存在しなかった、超高密度の魔力の塊。百万人以上の人口を擁する、この機動都市の全機能を賄うほどの、莫大(ばくだい)な魔力を生み出すもの。

「……〈魔力炉〉！」

「その通りです」

雷翁(らいおう)は頷(うなず)いた。

「〈人類統合帝国〉は、荒廃した〈桜蘭〉の地に残された〈雷神鬼(らいじんき)〉を発掘、回収し、この〈第〇七戦術都市〉の心臓である〈魔力炉〉に組み込んだのです」

（……っ、そうか、この都市は――神の力を動力源にしていたのか）

そんなことは、一〇〇〇年前では、到底考えられないことだった。

上位存在たる神を、たかが人類が、動力源として使うことなど——

しかし、そうであるなら、これまでレオニスが感じていた疑問にも答えが出る。

なぜ、あれほどの大きさの〈魔力結晶〉が存在し得たのか。

大賢者アラキール・デグラジオス、そして、聖女ティアレス・リザレクティアは、なぜ〈魔力炉〉を取り込み、融合しようとしていたのか。

——〈六英雄〉は、〈魔力炉〉ではなく、神を取り込もうとしていたのだとすれば。

(……人類の業を、甘く見ていたようだな)

この〈第〇七戦術都市(セヴンス・アサルト・ガーデン)〉だけではあるまい。

ほかの戦術都市の〈魔力炉〉も、太古の神々を動力源としているのだろう。

(そして、神々の力を利用しながらも、その存在を記録から抹消している、か——)

ようやく、レオニスは顔を上げて、雷翁(らいおう)に尋ねた。

「あの、咲耶(さくや)さんは——〈桜蘭(おうらん)〉の人たちは、それを納得しているんでしょうか?」

「どのような形であれ、双神の片割れが、〈桜蘭〉の民を守って下さっていることに、変わりはありませぬ——」

雷翁は頷(うなず)いて、

「それに、このことを知るのは、ごく一部の者だけです。軍の上層部と、〈桜蘭〉の王家にごく近しい者。そして、いま貴殿が知りました」

「……！」

たしかに、これまでレオニスが調べた限りでは、そんな情報は発見できなかった。

「……どうして、そんな機密を僕に？」

「これでも、人を見る目はあるつもりです」

雷翁は微笑して、レオニスの眼を覗き込んだ。

「貴殿はこの先、咲耶様と共に歩んでくださる、そんな気がするのです」

（……やれやれ。人を見る目がある、か——この男、とんだ節穴だな）

レオニスは胸中で肩をすくめた。

（俺は人類の敵たる〈魔王〉だぞ——）

——と、その時だ。

庭で寝ていたブラッカスが突然、耳をたてて立ち上がった。

『どうした、ブラッカス』

レオニスが念話で問うと、

『あの娘の周囲に、妙な気配が現れたようだ』

「——なに？」

◆

「……〈ヴォイド・ロード〉を、この地に招来する――だって？」

咲耶は、蒼い眼を見開いた。

「まさか、ここに〈大狂騒〉を招くっていうのか!?」

「――その通りです、咲耶様」

宇斬は即答した。

「我らの怨敵、シャダルク・ヴォイド・ロードをこの地に呼び寄せ、〈剣鬼衆〉の精鋭、総勢三十七名で、奴を迎え撃つ――」

「……」

その一切の迷いのない、信念に満ちた声に、咲耶は絶句する。

「そ、そんなこと、どうやって――」

「この都市の〈魔力炉〉に眠る双神の片割れ、〈雷神鬼〉の封印を解くのです」

「……っ、な……に？」

と、それまで冷静だった宇斬の声が、わずかに熱を帯びはじめる。

「咲耶様もご存じの通り、かのヴォイド・ロードは〈風神鬼〉を取り込み、その力を己がものとしました。しかし、〈桜蘭〉の神は二柱で一つの双神。その片割れが解放されるのを感知すれば、奴は必ず、片割れとなった神を求めて現れる――」

「――……」

咲耶は、唖然として立ち尽くした。

（〈雷神鬼〉を餌に、ヴォイド・ロードを呼び寄せる？　そして、それを討つ？）

この男は、一体なにを言っているのだろう？

……とても正気とは思えない。

計画、などと呼べるものではない――これはただ、死に場所を求めているだけだ。

修羅道に堕ち、〈ヴォイド〉を狩り続けているうちに、狂気に侵されたのか。

……否、違う。彼らはきっと、あの日から、ずっと――

「……討てると思うのか？　あのヴォイド・ロードを」

ようやく、咲耶は声を絞り出した。

「そのために、虚無の力に手を染めたのです」

宇斬は、プロテクター・スーツに覆われた拳を握りしめた。

「シャダルク・ヴォイド・ロードが、解放された〈雷神鬼〉と戦い、疲弊したところを一気に叩く。あてにしてはいませんが、ヴォイド・ロードの出現に伴う〈大狂騒〉が発生すれば、この都市の〈聖剣士〉も戦列に加わらざるを得ないでしょう」

「復讐のために、この都市の人たちを巻き添えにするっていうのか！」

激昂して、咲耶は叫んだ。

「〈第〇七戦術都市〉は、虚無を滅ぼすための犠牲となっていただく」

「……っ、宇斬！」

咲耶は叫び、その手に〈雷切丸〉を顕現させた。

咲耶も、この〈剣鬼衆〉と同じように、復讐のために生きてきた。

しかし――

（――修羅に堕ちても、外道に堕ちるつもりはない！）

握りしめた〈聖剣〉の刃が、青白い雷光をほとばしらせる。

「〈雷神鬼〉を解放できるのは、水鏡の王家の姫巫女である僕だけだ。僕が、そんな計画に乗るとでも思っているのかい？」

「それは残念ですが、計画に変更はありません。姫巫女は、すでにおられますゆえ」

「……なに？」

眉をひそめるが、宇斬はそれには答えず、

「〈聖剣〉を抜かれた――ということは、交渉は決裂ですな」

「ああ、僕は君達に与する気はないっ！」

咲耶は踏み込み、一閃した。

――が、その一太刀は、宇斬の背中から生えた、第三の腕に阻まれる。

「……なっ⁉」

驚愕に眼を見開く。

「……っ、まさか、そこまで蝕まれて……！」

「強くなられましたな、咲耶様。しかし──」

ヘルメットの奥で、赤い眼が輝く。

「刹羅様には遠く及びませぬ──」

「……ねえ……様……？」

と、こんどは第四の腕が現れ、咲耶の喉首を掴んだ。

「……かっ……はっ……！」

ギリギリと食い込む、化け物の腕。

死んだ姉の名を出したのは、彼女の動揺を誘うためか。

誇り高き〈桜蘭〉最強剣士が、そこまで堕ちてしまったのか──

「……こっ……のっ──」

……息ができない。意識が朦朧とする。

握りしめた〈雷切丸〉が、虚空に消えて──

「──さん……咲耶さん!?」

……その時。遠く、耳慣れた声が聞こえてくる。

「……っ、少年……来ちゃ、だめ……だ……」

咲耶は必死に声を絞り出そうとするが、かすれ声が漏れるだけだ。

「気付かれたようだ。宇斬殿、大事の前だ。〈魔剣〉の力は抑えておけ」

「――ああ、わかっている」

食い込んでいた腕の力が緩み、咲耶の身体は地面に投げ出された。

「……っ、う……」

「咲耶様。あなたにも、計画に加わって頂きたかった」

倒れた彼女を見下ろして、そう呟くと、彼は踵を返し、闇の中へ消えてゆく。

「ま、待……て……」

消えゆく意識の中、レオニスの声が近付いてくるのが聞こえた。

第七章　封神祀

Demon's Sword Master of Excalibur School

少年が、その男と出会ったのは、貧民街の裏路地だった。

「孤児か――」

「……？」

粗末な襤褸を纏い、泥の中で俯いていた少年は、顔を上げた。

美しいブロンドの髪の美丈夫が、少年の顔を興味深そうに覗き込んでいた。

白銀に輝く甲冑。純白のマント。腰には金の装飾のほどこされた剣を佩いている。

「……騎士様？」

少年はあわてて居ずまいをただし、その場に平伏した。

〈ログナス王国〉における騎士の身分は高い。浮浪児が無礼を働こうものなら、その場で斬り伏せられてもおかしくはない。

なぜ、身綺麗な騎士が自分に声をかけてくるのか……？

その理由が、少年にはわからない。

「類い希な魂の色をしている。私と同じ、英雄の色だ」

「え？」

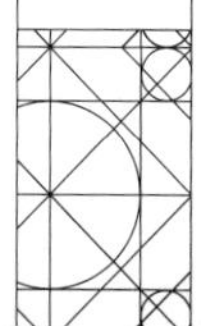

その騎士は、不思議なことを口にした。

「ああ、私は魂の色が見えるんだ。得意な才能(ユニーク・スキル)というものでな」

「魂の、色……？」

きょとんとする少年の肩に、その男は手をのせて、

「家族は？」

「いないよ。兄さんも、姉さんも、戦争で死んだ」

「──そうか、すまない。われわれ王国騎士の力不足だ」

「い、いえ、そんな……！」

少年は顔を上げる。男の青い目は、少年のすべてを──それこそ、本当に魂の奥底を見通しているような気がした。

「君は、何歳だ？」

「五……いえ……たぶん、六歳です」

「剣を握ったことはあるか？」

少年は首を横に振った。本物の剣など手にしたこともない。

「好都合だ。変な癖があると、かえってよくない」

男は満足そうに頷(うなず)いて、立ち上がった。

「あの……？」

顔に疑問符を浮かべる少年に、男は手を差し伸べて、最後の質問をした。

「君は――〈英雄〉になりたいか？」

◆

リリリリリリリリリリ……！
「……～っ、魔王の眠りを覚ますのは、何者だ！」
寝ぼけまなこのレオニスは、けたたましく鳴る端末を壁に投げつけた。
端末は寮の壁に跳ね返り、床に落下する。
「……」
レオニスはこめかみを押さえつつ、嘆息した。
窓の外は、夕暮れが近い。
咲耶に〈オールド・タウン〉を案内してもらった二日後。〈封神祀〉の当日だ。
学院は休校日なので、朝のリーセリアの訓練をしたあと、昼寝をしていたのである。
くせっ毛の髪を手ぐしでととのえつつ、ベッドの上で半身を起こす。
（――嫌な夢を見たな）
……よりによって、あの男の夢を見るとは。

勇者レオニスの師にして——六英雄最強の〈剣聖〉と呼ばれた男。

勇者であった頃の記憶は薄れ、消えかかっていたはずなのに——

なぜ、いまこうして夢に見るのか。

不機嫌そうに顔をしかめ、レオニスはベッドから起き上がった。

そろそろ時間だ。着替えたあと、孤児院のティセラと合流して、〈オールド・タウン〉に向かうことになっている。

（……なにごともないといいが）

レオニスは、咲耶（さくや）の話を思い出す。

——あの日。咲耶の前に現れたのは、〈桜蘭（おうらん）〉の元傭兵（ようへい）団だという。

〈剣鬼衆（けんきしゅう）〉は代々、王家の護衛を任じられていたそうだが、彼らの祖国は九年前、〈ヴォイド〉の〈大狂騒（スタンピード）〉によって滅亡した。

そして今、祖国を滅ぼした〈ヴォイド・ロード〉に復讐（ふくしゅう）を果たすため、この〈第〇七戦術都市（セヴンス・アサルト・ガーデン）〉で、〈大狂騒〉を引き起こそうと計画しているらしい。

咲耶は、その計画を止めるための協力を、〈魔王〉ゾール・ヴァディスに求めた。

（——ここは俺の王国だ。もとより、そんな連中の好きにさせる気はない）

現在、〈オールド・タウン〉には、シャーリとブラッカスを配置し、不測の事態に備えさせている。また、配下の〈狼魔衆（ろうましゅう）〉には、あの連中の痕跡を追わせていた。

しかし、今のところ尻尾は掴めていない。

（――やはり、今後は諜報関連の組織を強化したいところだな）

ブラッカスは本来、戦場でこそ力を発揮する武闘派の将軍であり、シャーリは隠密こそ優秀だが、その本来の役割は暗殺者だ。

獣人族の一部には、諜報の得意な種族もいるが、専門のスキルを習得しているわけではないため、使い物にならないのが現状だった。

（……いずれは、諜報能力に長けた優秀な人材を迎え入れたいものだ）

と、探査系の〈聖剣〉を持つ、黒髪の少女の顔を脳裏に浮かべていると、

「――レオ君、起きてる？　そろそろティセラちゃんを迎えに行くわよ」

「少年、準備ですよー」

ドアの外で、リーセリアとレギーナの声が聞こえた。

◆

「どーですっ？　この浴衣、似合いますか？」

部屋に入ってきたレギーナは、レオニスの前でくるっと可愛く回ってみせた。

普段の制服姿ではない。

薄い浅葱色の布地に、花や蝶の図柄が華やかに彩られた、〈桜蘭〉伝統の衣装だ。

——浴衣、というらしい。

髪型も、いつものツーテールではなく、しっぽのようなポニーテールだ。

「……え、ええっと……」

決めポーズをとるレギーナから、レオニスはドギマギと視線を逸らした。

この浴衣という服、胸もとが大きく開いており、しかも裾に切れ込みがあるため、レギーナのような少女が着ると、正直、目のやり場に困ってしまう。

そんなレオニスの様子を見て、レギーナがふふっと愉しそうな微笑を浮かべ、

「あ、少年、なに赤くなってるんです？　ふふ……♪」

レオニスの目線にかがみこみ、指先でつんつん、とレオニスの頬をつつく。

「……～っ！」

……ぐぬぬ、とレオニスは唸った。

やられっぱなしでは、魔王の沽券に関わるというものだ。

くるっと急に振り向くと、からかうレギーナの目をまっすぐに見つめて、

「……え？　しょ、少年？」

唐突に見つめられ、狼狽した様子をみせるレギーナ。

「ええ、とてもよく似合ってますよ。髪型も可愛いですね」

「あ、そうです？　か、わいい……ですか？」

そう囁くと、レギーナは耳まで真っ赤になった。

「もちろん、普段のレギーナさんも可愛いですけどね」

「……～っ、少年、だ、だめですよ、お姉さんをからかっては――」

「いえ、ただ本音を口にしただけですけど……」

「ば、ばかっ、少年のばかばかばかっ！」

顔を真っ赤にしたまま、ポニーテールの髪を左右に振る。

褒められるがわにまわると、途端に弱くなるお姉さんだった。

……まあ、似合っているというのも、可愛いというのも本音ではあるのだが、それを口にすると、ますます恥ずかしがってしまうので、このあたりにしておこう。

（……やりすぎると、あとが怖いしな）

夕食の献立の決定権を握っているのは、彼女なのだ。

「た、大変です、セリアお嬢様！　少年が夜の魔王になりつつあります！」

と、主君の少女に泣きつくレギーナであった。

「はいはい。二人とも、遊んでないで、早く準備してね」

取り合わずに、肩をすくめるリーセリア。

「準備って、なにをするんですか？」

「わたしとレオ君も、浴衣に着替えるのよ。はい、これはレオ君の――」

リーセリアは手に持った袋から、綺麗に畳まれた浴衣を取り出した。

「アパレルショップでレンタルしてきたの。サイズはレオ君にぴったりのはずよ」

「僕は制服でいいです」

「だめよ、レオ君の浴衣姿が見た――こほん、お祭りの規則だもの」

「はあ……」

……規則ならまあしかたない。しぶしぶ浴衣を受け取るレオニス。

「これ、腰帯は適当に結んでもいいんですか?」

浴衣をひろげて、首を傾げると、

「はいはい、少年。わたしに任せてください」

レギーナがレオニスの肩にぽんと手をのせる。

「だ、大丈夫です。自分で着られますから」

「だめです。そんなに時間がないんですから」

「それじゃ、わたしも着替えてくるから。レギーナ、レオ君の着付けは任せたわね」

「お任せください、お嬢様」

自室へ戻るリーセリアに、力強く頷くレギーナ。

パタン、とドアが閉まると、彼女は制服の上着に手をかけて、

「さあ少年、制服を脱いでください。それとも、わたしに脱がして欲しいです？」

抵抗しても無駄なようなので、レオニスはおとなしく制服を脱ぎはじめる。

「ズボンもですよ」

「……っ、わ、わかってます！　レギーナさんは、後ろを向いててください」

レギーナが後ろを向いている間にズボンを脱ぐと、素早く浴衣を羽織った。

「ふふ、よく似合ってますね……あ、襟が左右逆ですよ。正しくはこう、です♪」

襟を直され、そのまま、くるくると腰帯を巻かれる。レオニスはされるがままだ。

最後に、帯をぎゅーっと締め上げられた。

「レ、レギーナさん……ちょっと、苦しいです」

こんなに苦しいのは、一〇〇〇年前に〈死都(ネクロゾア)〉へ攻め込んできた、〈山脈喰(ぐ)らいの竜〉に締め上げられたとき以来だ。

「もう少し緩めます？　あんまり緩めすぎると、はだけちゃいますよ」

と、レギーナが腰帯を調整していると、

「レオ君、もう着替えた？」

ドアが開き、浴衣に着替えたリーセリアが戻ってきた。

「……っ!?」

レオニスは思わず、息を呑(の)んで、その姿に見惚(みほ)れてしまう。

彼女の浴衣は、白と黒の縦縞模様に、華柄をあしらったデザインだ。

輝く白銀の髪をアップにまとめており、艶めかしく真っ白いうなじが、いつもの清楚な雰囲気に、ほのかな色香を漂わせている。

「お綺麗です、お嬢様！」

「……あ、ありがとう、レギーナ」

袂の長い袖を持ち上げて、照れ隠しのようにはにかむリーセリア。

「……本当に、綺麗です」

レオニスの口からも、自然とそんな言葉がこぼれ出る。

「……む、なんだか、わたしの時より本気っぽいですね」

レギーナがむっと小さく頬を膨らませる。

「ありがとう。レオ君も、よく似合っているわ」

リーセリアは微笑むと、レオニスの姿を眺めてうんうんと満足そうに頷く。

それから、ぽんと手を打って、

「あ、そうだ！　せっかくだし、このレオ君の写真、写真を撮りましょう」

「はっ、それは気付きませんでした！　待ってください、いまカメラを――」

「……早く行きましょう。ティセラが待ってますよ」

◆

シャトルバスで孤児院へ向かい、ティセラと合流。その後、またバスに乗り、〈オールド・タウン〉へ移動した。

夕陽はもう、外壁の向こうに落ちかけて、薄闇が空を塗り潰してゆく。

ティセラも、レオニスと同じ子供用の浴衣を着ていた。

レオニスのようにレンタルかと思えば、なんとフレニア院長の手作りらしい。

第Ⅱ区画。〈オールド・タウン〉前のバス停で降りると、徒歩でゲートへ向かう。

木の下駄は歩きにくいが、それが風情でもあるのだろう。

当然だが、二日前に咲耶と来たときより、かなり人が多い。

休校日なので、学院生の姿も数多く見受けられた。

なぜ学院生とわかるかといえば、見慣れた制服を着ているからだ。

「……浴衣を着るのが規則じゃなかったんですか？」

レオニスが、ジト目でリーセリアを睨むと、

「だ、だって、レオ君の浴衣姿が見たかったんだもん」

リーセリアは目を逸らしつつ、あっさり白状した。

魔力灯で照らされた大通りを進んでいくと、祭り囃子の音がだんだんと大きくなる。

広場には多くの露店が並び、以前来たときとはまるで違う雰囲気だ。

「人が多くなってきたわね」

リーセリアが呟く。

「そうですね。はぐれないようにしましょう」

「え、レオお兄ちゃ……ふああっ」

レオニスは手を差し出し、ティセラの手を握った。

「あ、ありが……と」

顔を真っ赤にして、下を向くティセラ。

「レオ君も、はぐれないようにね」

と、リーセリアがレオニスの空いたほうの手を握ってくる。

「僕は大丈夫ですよ。通信機もありますし」

「だーめ。悪い大人に誘拐されるかもしれないもの」

「……いえ、それはないと思いますけど」

そんなやりとりを見て、ティセラがくすっと笑った。

「少年、モテモテですね♪」

「や、やめてください、レギーナさん」

レオニスの首のうしろをツンツンするレギーナに、抗議の声を上げるレオニス。

と――

「あ、見て！　あれ、すごくかわいい――」

露店の前で、リーセリアがふと立ち止まった。

可愛いのはお前だろう、と心の中で謎のツッコミを入れつつ、レオニスも立ち止まる。

彼女の目は、リンゴや蜜柑など、フルーツを飴で包んだお菓子に釘づけになっていた。

いかにも、女の子の好きそうなお菓子だ。

「いえ、むしろ可愛いのはお嬢様のほうです」

「……レ、レギーナ、なにを言ってるの？」

◆

色とりどりの魔力灯が照らす通りを、エルフの少女が歩いている。

アルーレ・キルレシオだ。

（……まったく、平和なものね。世界は未知の化け物に蹂躙されているというのに）

にぎやかな祭りの喧噪は、故郷の森にはなかったものだ。

もちろん、エルフ種族にも祭祀はあるが、もっと厳かで静謐なものだった。

……この人混みは苦手だ。では、なぜこんな場所にいるのかといえば、〈魔王〉ゾール・ヴァディスが、配下の〈狼魔衆〉に、テロリストの発見を命じたためだ。レーナに任務内容を聞かされたとき、テロリストはあんたたちでしょ、とよっぽどツッコミたかったが、すんでのところで我慢した。

「まあ、食べ物のお店があるのは、悪くないけれど」

露店で買った焼きそばを食べつつ、周囲に目を配る。人でごったがえした場所でも、エルフの聴覚は会話を正確に聞き取ることができた。

――不意に。彼女の視線は、通りを歩く一人の少女の姿をとらえた。

この人混みの中を、幽鬼のように歩く、白装束の少女。

目の覚めるような青い髪。露店で買ったのか、顔には白い仮面を着けている。

その足取りはまるで滑るように、人の波を避けていく。

姿ははっきり見えているのに、周囲の人々は、少女の存在に気付いていないようだ。

（あの青い髪……）

アルーレが真っ先に想起したのは、数日前、軍港に現れた少女剣士だ。

しかし、彼女の髪はあんなに長くなかった。

（……なにかしら。あの娘、なんだか……）

なにか不穏なものを感じて、アルーレは少女のあとを追跡しようとするが、

「……え？」

その少女の姿は、すぐに人混みの中に消えてしまった。

◆

レオニスたちは、露店で買った綿菓子やりんご飴を舐めつつ、広場を回った。

「あ、射的がありますよ。わたし、あれ得意です！」

レギーナが嬉しそうに、レオニスの浴衣の袖をくいくい引っ張った。

「それはそうでしょうね」

「お嬢様、やってもいいですか？」

「どうぞ——」

苦笑して頷くリーセリア。

玩具の銃で、景品を撃ち抜くゲームのようだ。

「ティセラちゃん、なにが欲しいです？」

コルク製の弾を銃に込めつつ、レギーナが振り返って訊く。

「え、えっと、あの……クマの……ぬいぐるみ」

「ぬいぐるみ、ちょっと大きいですけど、任せてください！」

レギーナは片目をつむると、銃を構える。

途端、スッと彼女の顔つきが変わった。

怜悧な狙撃手の目に――

「対大型虚獣殲滅武装――〈第四號竜滅重砲〉！」

裂帛の気合いと共に、銃の引き金を引く。

射出されたコルク弾は、まっすぐにぬいぐるみの眉間を狙い撃ち――

ぺこっ。と、クマをわずかに揺らしただけだった。

「……」

「あたりました！　ちゃんと、あたりましたよ！」

「嬢ちゃん、あたっても、落とさなきゃだめなんだぜ」

店の男がニヤニヤと笑う。

「……む、わかりました」

レギーナはむきになった様子で、ふたたび弾を込める。

「これなら、どうです！」

タンッタンッ。

二連射。時間差でまったく同じ場所にあててみせる。

しかし、やはり、ぬいぐみはわずかに揺れるのみで、落ちる気配はない。

「レギーナ、諦めたほうが――」

「ま、まだです、お嬢様。次は角度も計算して――」

「僕がやりましょう」

レオニスはすっとレギーナの手を押さえ、銃を手に取った。

「少年……」

「レオ君？」

「――任せてください」

訝しむ二人に頷いてみせると、銃に弾を込める。

へっ、と馬鹿にしたような薄ら笑いを浮かべる店の男。

（魔弾よ、因果を穿て――）

引き金を引くと、微かな魔力を帯びた弾が飛び出し、棚の端の缶に当たった。

……ハズレだ。普通なら。

しかし弾はギュルギュルと跳弾し、隣の景品、その隣の景品、そのまた隣の景品を、次々と落としていく。

跳ね返った弾は露店の柱にあたり、クマのぬいぐるみに命中する。

――が、レギーナのときと同じく、わずかに揺れるのみで倒れない。

弾は地面にあたり、さらに跳弾。ふたたびぬいぐるみに命中する。

二度、三度、四度、五度、六度と、一瞬のうちに、そんな奇跡が何度も起こり――

一発の銃弾に集中砲火を受けたぬいぐるみは、ようやく棚の後ろに落下した。

「ふう、なかなか手強かったですね」

銃口を戻し、ふっと肩をすくめるレオニス。

「レ、レオお兄ちゃん、すごい……！」

ティセラがぽーっとした尊敬の眼差しで、レオニスを見つめてくる。

「や、やりますね、少年……」

レギーナは唖然とした表情。

リーセリアは、さすがにレオニスが魔術を使ったことがわかったようで、しょうがないわね、と苦笑している。

「まあ、こんなものです。さあ、景品を――」

「ふ、ふざけるなっ！」

と、店の男が大声で叫んだ。

ティセラがひっと怯え、レオニスのうしろに隠れる。

「そ、そんな馬鹿なことがあるかっ！　インチキだ！」

「インチキは、そっちでしょう――」

レオニスは店の奥、景品の並んだ棚を指差した。

クマのぬいぐるみの置かれていた場所に、短い棒が突き出している。

ぬいぐるみを、あの棒に引っかけていたのだろう。

「……～っ、こ、このガキ――」

不正を暴かれ、激昂した男がレオニスの浴衣の胸ぐらを掴む。

「――ほう、死より恐ろしい恐怖を味わいたいようだな」

「な、なんだと……」

冷笑し、小声で呟くレオニスに、男の顔がひきつった。

「なにをしているの、暴力行為は取り締まるわよ」

――と、不意に鋭い声が聞こえてきた。

レオニスが振り向くと、黒髪の少女が颯爽と近付いてくる。

「フィーネ先輩！」

リーセリアが嬉しそうな声を上げた。

群衆を割って現れたのは、制服姿のエルフィーネだった。

腕には〈執行部〉の腕章を着け、周囲に二機の〈宝珠〉をしたがえている。

「エルフィーネ先輩、どうしてここに？」

レオニスが訊ねると、彼女は肩をすくめて、

「〈執行部〉の依頼よ。こういうイベントの警備には、よく駆り出されるの」

……なるほど。彼女の〈天眼の宝珠〉の能力は、こういった大きなイベントごとで、大

変重宝される能力だ。各所との連絡、避難誘導、迷子になった子供の保護、不審人物の監視、そして、荒事の調停。

最大八機の〈宝珠〉がフル稼働すれば、彼女一人でエリアをカバーできる。無論、司令塔であるエルフィーネは一人しかいないので、ある程度の人員は必要だろうが。

「それで、なにがあったの？　子供に手をあげるなんて――」

「あ、いえ……その……」

エルフィーネが目を向けると、男はあわててレオニスから手を離した。

「しょうもないインチキですよ」

「……？」

レオニスの指差した棚を見て、聡明な彼女はすぐに察したようだ。

「話は本部で聞くわ。とりあえず、ここは営業休止です」

「い、いえ、あれはその……」

エルフィーネは店の看板に、営業休止のシールをぺたりと貼ると、

「ご協力、感謝します」

と、レオニスたちのほうへ頭を下げる。

そして、意気消沈する男を連行してゆくのだった。

「はあ、フィーネ先輩、いそがしそうね」

「ですね。あとで本部に差し入れを持って行きましょうか」

先輩の背中を見送りつつ、リーセリアとレギーナが呟く。

レオニスは、クマのぬいぐるみをひょいと拾いあげると、ティセラに手渡した。

「どうぞ、ティセラさん」

「あ、ありがとう、レオお兄ちゃん」

ぬいぐるみをぎゅっと抱きしめ、九歳の少女は頬をほのかに赤く染めるのだった。

◆

——そんな、ちょっとしたトラブルに見舞われつつ。

大通りをまっすぐ進めば、咲耶が演舞を奉納する祭殿が見えてくる。

祭り囃子と喧噪の中、〈桜蘭〉の景色を楽しんでいると——

「あそこ、人が集まっているわ。なにかしら——」

リーセリアが、通りの先の人だかりを指差した。

わあっ、と歓声が上がっている。

「きっと大道芸ですよ。見ていきましょうか」

「そうね」

リーセリアがティセラのほうを振り向くと、ティセラはこくこく頷(うなず)く。
人だかりの中心には、大きな傘が立てられていた。
その下で、大道芸人が芸を披露しているようだ。
(……どれ、俺の〈骨のサーカス団〉と比べてやろう)
レオニスは群衆の中に潜り込むと、ひょいと顔だけを突き出した。
「……っ!?」
と、その瞬間。レオニスの顔が引き攣(つ)った。
人だかりの中心で芸をしているのが、見知った二人だったのだ。
傘の下で、短刀や鞠(まり)玉を器用に投げまわしているのは、浴衣姿の少女だ。
無表情に超絶技巧のジャグリングを披露している。
その横では、お座りをした黒狼(こくろう)が、鼻先にボールをのせて転がしていた。
(……シャーリ、ブラッカス!?)
喝采を浴びる二人へ向けて、レオニスはあわてて念話を飛ばした。
『――お前達、一体、なにをしているんだ』
『あ、魔王様――』
と、シャーリが首を突き出したレオニスに気付く。
『その姿、とてもお可愛(かわい)いです、魔王様!』

『……～っ、お、俺のことはいい。それより、これはどういうことだ』

『――この姿が、最も溶け込みやすいと判断したのだ』

答えたのは、鼻先にボールをのせたブラッカスだ。

『いや、相当目立っているぞ』

『目立つこと自体は問題ない。それが自然な形であれば、な』

『……む、なるほど』

たしかに、ブラッカスの言には一理ある。下手に影に潜むより、このように堂々としていたほうが、怪しまれぬものなのかもしれない。

『それに、お菓子も貰えるんです』

足下には小さな箱があり、投げ込まれたお菓子でいっぱいになっていた。

『……それが目当てか』

『ち、違います、魔王様！　これはあくまでカモフラージュのため……』

『――まあいい。なにかあったら、報告せよ』

『はっ、はい――！』

と、レオニスと会話しつつも、ジャグリングの手は止めない。

「あの女の子、すごいわね」

リーセリアが感心したように、パチパチと手を叩く。

「お嬢様、あの娘、どこかで見たような気がしませんか？」

「言われてみれば、たしかに見覚えがあるような……」

「き、気のせいですよ。さあ、行きましょう！」

「ちょ、ちょっと、レオ君？」

レオニスはリーセリアの浴衣の袖をぐいぐいと引っ張った。

都市内の運河を渡るブリッジを越え、しばらく歩いていると。

ドンッ、ドンッドンッ、と背後で空気の震える音がした。

「……っ、下がってください！」

レオニスは素早く振り向くと、鋭い警告の声を発した。

「レオ君？」

と――

また、ドンドンッと音がして、空に爆発が起こった。

「……っ、あれは、第六階梯魔術――〈爆殺雷〉!?」

「レオ君、レオ君――」

うしろの三人を庇うように立つレオニスの肩に、リーセリアがぽんと手をのせる。

「あれは花火よ」

「……」

「〈桜蘭〉の花火は綺麗ですねー」

ドンッ。ドドドドドンッ。

鳴り響く花火の音。夜空に次々と光の華が咲き誇る。

レオニスは、こほんと咳払いして、

「……は、花火くらい、知ってます」

と、俯き加減に呟いた。

「ふふ、レオ君ってば、守ってくれようとしたのね」

「ち、違います！」

「お嬢様、あっちのほうがよく見えますよ」

と、レギーナが人の少ない場所を指差した。

浄水用の人工樹の下で、レオニスたちは空を彩る花火を見る。

ティセラには花火の見えやすい木の上を譲り、レオニスは少し背伸びした。

……しかし、人混みが邪魔で、よく見えない。

「レオ君、それじゃ見えないでしょ」

リーセリアが背後から、レオニスの脇を抱えて持ち上げた。

「……っ、セ、セリアさん!?　お、下ろしてください！」

「レ、レオ君、暴れないで♪」

羞恥に顔を赤くして、空中でジタバタともがくレオニス。

そんな二人を見て、周囲の人々は微笑ましそうに笑うのだった。

◆

揺れる篝火の炎が、薄闇をほのかに照らし出している。

祭殿の中に設えた、静寂の間。

泉で身を清めた咲耶は、巫女装束姿で座していた。

目の前には、宝刀を収めた木箱がある。

〈桜蘭〉の建国より王家に伝わる神器だ。

「――お綺麗です、咲耶様」

「姉様のほうが、ずっと綺麗だったよ」

背後から聞こえる影華の声に、咲耶は答える。

「そろそろ、儀式のお時間です。ご準備を」

「ああ」

神器を収めた木箱を持ち、移設された祭殿へ一人で進む。

これより先は、巫女以外の者が進むことは許されない禁域だ。

都市の魔力炉に眠る〈雷神鬼〉に巫女の血を捧げ、儀式を行う。

民の前で演舞を奉納するのは、その後だ。

——あれ以来、〈剣鬼衆〉からの接触はない。

この都市のどこかに潜み、完全に気配を消しているようだ。

彼らに残された時間は、そう多くはない。

——〈魔剣〉の所有者は、その魂を虚無に蝕まれる。

（……剣鬼衆。戦士としての死に場所を求めた、か）

〈剣鬼衆〉が、この儀式の最中に、なにかことを起こす可能性はある。

どんな方法を用いるのかは不明だが、〈雷神鬼〉を呼び覚まし、それを寄せ餌として、〈桜蘭〉を滅ぼした仇敵をこの地に招来しようとしている。

（……〈雷神鬼〉を解放できるのは、巫女である僕だけのはずだけど）

——と、咲耶は足を止めた。

白砂の撒かれた地面の先に、割れた二つの巨石があった。

廃墟となった王都より持ち出した、神の石——祭壇だ。

咲耶は歩を進め、祭壇の前に、神器を収めた木箱を置いた。

木箱を開けて、宝刀を取り出す。

その刃で自身の腕を切りつけ、石に巫女の血をそそぐのだ。

宝刀を手にした、その時。

微かな気配を感じ、咲耶は動きを止めた。

「……っ!?」

顔を上げる。と――

白砂の海に、幽鬼の姿が浮かび上がった。

〈桜蘭〉の白装束を着た、仮面の少女だ。

ほんのわずかな篝火の炎の中、青い髪が微風にそよぐ。

「……誰だい、君は？」

咲耶は、目を鋭くして誰何した。

無論、こんな場所に、ただの少女が入り込めるはずもない。祭殿の周囲には、雷翁の手配した〈叢雲〉の隠密が、蟻一匹入れぬよう、配備されているのだ。

――が、答えはない。

少女は無言のまま、その手にひと振りの刀を呼び出して――

刹那。闇の中に、剣閃が奔った。

◆

美しい無数の光が空を彩る、その下で――蠢く影がある。
プロテクター・スーツに身を包んだ剣鬼衆は、闇の中で、ただその時を待っていた。
「――時は満ちた。今こそ、我等の悲願、怨讐を晴らすとき」
狂乱の傭兵集団。総勢三十七人の〈魔剣〉使いが、虚空を睨み据える。
祖国を滅ぼした〈ヴォイド・ロード〉を狩るために。
命を惜しむ者などいない。
〈第〇七戦術都市〉の無辜の市民を巻き込むことに、良心の呵責もない。
星に授かった〈聖剣〉を、呪われし〈魔剣〉に堕とした時に、覚悟はできていた。
ただ、心残りがあるとすれば、それは――
（――咲耶様だけは、こちらに引き込みたかったが）
しかし、彼女は差し伸べた手を拒んだ。
――では、それもまた宿命だ。
と、その時。
『――やあ、宇斬殿。計画は順調かね？』
「……？」
通信端末から聞こえた場違いな声に、宇斬はバイザーの下で眉を顰めた。
〈剣鬼衆〉の今の雇い主、フィンゼル・フィレットの声だ。

「あんたか。大事の前だ。通信は——」

『まあまあ、聞いてくれたまえ。これは君達への餞別(せんべつ)だ』

「なに？」

スポンサーである彼は、対〈ヴォイド〉用プロテクター・スーツ、〈第〇七戦術都市〉への潜入プラン、潜伏場所の提供、そして——〈魔剣〉を用意した。

彼の存在は、〈剣鬼衆〉にとって、渡りに船だった。

無論、このあまりに気前のいいスポンサーを怪しむ声もあったが、そんな声は、彼がある少女を連れて来た途端に霧散した。

——刹羅(せつら)姫。〈桜蘭(おうらん)〉滅亡の日に、殺されたはずの主君を。

「俺達に死に場所と、復讐(ふくしゅう)の機会を与えてくれたあんたには、感謝している」

『うん、そうか。では、その恩をここで返して欲しいところだね』

「無論だ。あんたの為(ため)に戦うわけじゃないが——〈魔剣計画(demon's sword project)〉、だったか？　その計画のために、俺達の戦闘データが必要なんだろ。せいぜい、暴れてやるさ」

『それは頼もしい。だけど私は少々、完璧主義者でね。諸君が、その力を存分に振るえるように、ある仕掛けをほどこしておいたんだ』

「……何？」

——と、次の瞬間。

通信端末が光を放ち、なにかが飛び出してきた。

「——ふふ、ふふふふ、ふ」

それは、羽の生えた、手のひらサイズの妖精の姿をしていた。

光り輝くその妖精は、揚羽蝶(ちょう)のような黒い羽を羽ばたかせ、虚空を舞う。

「フィレット殿、これは一体——」

『——人造精霊(アーティフィシャル・エレメンタル)〈セラフィム〉。〈女神〉の声を伝える囁く者(メッセンジャー)だよ。〈アストラル・ガーデン〉のネットワークを介して、君達の来ているプロテクター・スーツのデータリンクシステムに入り込んでいる』

「なっ……貴様、どういうことだ⁉」

『悪いね。君達の〈魔剣〉は、〈女神〉を再臨させるための贄(にえ)となるのだよ』

そして、妖精達は囁(ささや)く。

未来よりもたらされる、〈女神〉の託宣を——

「……あ、あ……ああああああああああああっ！」

復讐(ふくしゅう)に命を捧(ささ)げた猛者(もさ)達のプロテクター・スーツが、次々と弾(はじ)け——

三十七体の虚無の怪物が出現した。

第八章　刹羅

Demon's Sword Master of Excalibur School

ギイイイイイイイイイイイッ！

初太刀(しょだち)を受けた瞬間、咲耶(さくや)は確信した。

目の前の少女は、自分より遙(はる)かに強い——と。

こと剣技に限れば、咲耶ほどの技倆(ぎりょう)の持ち主は、学院の上級生にもそうはいない。

だが、この仮面の少女は——

（……っ、押されてる!?）

火花を散らし、ぶつかり合う刃(やいば)。

咲耶は呼気を吐き出し、地面を踏みつけた。後方に跳躍して距離を取る。

仮面の少女は咲耶を追うでもなく、無造作に刀を下ろした。

その刃は、〈雷切丸(らいきりまる)〉と鍔(つば)迫り合いをしたにもかかわらず、刃こぼれひとつない。

普通の武器ではありえないことだ。

（……っ、〈聖剣〉使い——）

その権能は不明だが、禍々(まがまが)しい〈魔剣〉の気配は感じない。

（……っ、疾(はや)い!?）

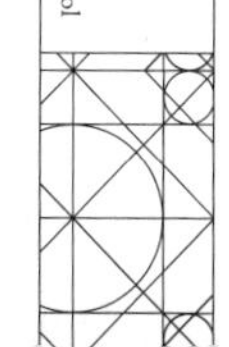

〈雷切丸〉を構えつつ、咲耶は問う。

「――〈剣鬼衆〉か？」

「……」

――が、少女は肯定も、否定もしない。ただ静かに、〈聖剣〉を構え直した。

あたりは、静寂に満ちていた。

激しい剣戟の音に、駆け付けてくる者もいない。

それは奇妙なことに思えた。たしかに、祭殿の周辺は隔絶されているが、これほど派手な音が、警護している影華たちに聞こえていない、ということはないだろう。

と、あたりの風景にかすかな違和感を覚えて、咲耶は青い目をスッと細めた。

よく見れば、森の木々が陽炎のように揺らいで見える。

（……〈結界〉、みたいだな。あの〈聖剣〉の能力だろうか）

おそらく、内部で生じる音を完全に遮断するものだろう。

「用意周到だね。狙いはなんだい？」

この少女が、〈剣鬼衆〉の差し向けた刺客だとして、目的が不明だ。

彼らの目的は、〈魔力炉〉に封印された〈桜蘭〉の神を解放し、仇敵たる〈ヴォイド・ロード〉を呼び寄せることだったはず。

巫女である咲耶の命を奪ったところで、神の封印が解けるわけでもない。

〈剣鬼衆〉は姫巫女を手に入れた、と口にしていたけど――)

……まさか、この少女がそうなのか――？

仮面の少女が、半歩踏み出した。

(……来る！)

即座に〈雷切丸〉の権能を起動。〈加速（アクセラレート）〉を開始する。

青白いプラズマが弾（はじ）けた。咲耶の姿が消える。

「絶刀・水鏡（みずかがみ）流剣術――〈雷神烈破斬〉っ！」

夜闇に閃（ひらめ）く、無数の斬光。対大型〈ヴォイド〉用の剣技だ。

仮面の少女に向けて放たれる、煙（けぶ）るような刃（やいば）の驟雨（しゅうう）。

――が、手応えはない。少女の姿は、霞（かすみ）のように消えた。

「……っ!?」

背後に、気配。ほとんど勘だけで瞬転し、雷（いかずち）の刃を振り抜く。

ギイイイイイイイイインッ！

耳障（みみざわ）りな共鳴音。刃を受け止めることには成功するが――、

「――凶（まが）ツ風よ！」

――ゴウッ！

刃から放たれた、不可視の衝撃波が、咲耶の小柄な身体（からだ）を吹き飛ばした。

「……っ、か、はっ……！」

背中から地面に叩き付けられ、肺の空気を一気に失う。

仮面の少女が〈聖剣〉の刀を振り下ろした。

地面の土がパッと舞い上がり――、
直後、不可視の刃が、巫女装束の肩口を切り裂く。

「……っ、その〈聖剣〉――〈風〉の権能、か――！」

血の滲んだ肩口を押さえつつ、咲耶は呻く。

先ほど、咲耶の剣を躱した残像。不可視の風の刃。

おそらく、周囲を覆うこの〈結界〉も、風の〈聖剣〉の力によるものなのだろう。

（これは、まいったな――）

たった数合、剣を合わせただけで、わかった。

認めたくはないが――この少女は間違いなく、自分よりも強い。

「……使わずに戦える相手じゃ、なさそうだね」

咲耶は、〈雷切丸〉の刃を返した。

刀を握るその右腕に、虚無の瘴気が宿る。

「魔剣――〈闇千鳥〉」

〈雷切丸〉の刃が黒い霧に覆われ、妖しい闇色の光を放つ。

漆黒の魔雷が弾け、地面を焦がした。

「……ほう」

仮面の少女が、はじめて声を発した。思ったより、幼い声だ。

「〈魔剣〉——なぜ、お前が？」

無視して、咲耶が地を蹴った。一瞬で肉薄し、〈闇千鳥〉を振り下ろす。

風の刃と闇の刃が激突し、剣風が荒れ狂う。

「はあああああああっ！」

今度は、押し負けない。咲耶はそのまま刀を押し込んだ。

と——

——ピシ、と少女の仮面にひびが入った。

「……!?」

白い仮面が割れ、カランと地面に落ちる。

青い髪が、剣の孕む風に揺れる。

仮面の下のその顔は——

「刹羅……姉……さま……？」

咲耶は、眼を見開いた。

◆

レオニスは最初、それを花火の音だと思った。

が、その直後。轟音と共に、夜空に激しい火柱が上がった。

「……っ、なに!?」

リーセリアが鋭く叫び、レオニスとティセラを背後に庇う。

ドオンッ、ドオンッ、ドオオオオオオンッ！

連続して起こる大爆轟。

〈オールド・タウン〉の建物が次々と崩落し、群衆の悲鳴が上がる。

（……っ、何事だ？）

「お嬢様、あれを――！」

と、レギーナが爆発の中心地を指差した。

燃え盛る炎の明かりの中、不気味なシルエットがのっそりと立ち上がる。

遠目に見て、全長五メルトほどはある、巨大な人型の影だ。

「……っ、まさか、〈ヴォイド〉!?」

「……っ、そんなっ、〈ヴォイド〉発生の予兆なんて、なかったのに――」

レギーナが唇を噛んだ。

通常、〈ヴォイド〉が発生する際には、空間に亀裂のようなものが奔(はし)る。

〈聖剣学院〉の管理局は、そのわずかな空間の歪(ゆが)みを観測し、〈ヴォイド〉の発生を感知するシステムを構築しているのだ。

しかし今回、前兆となる空間の亀裂は発生していない。

『――リア……セリア、聞こえてる――？』

「あ、フィーネ先輩！」

と、リーセリアの端末に通信が入った。

『〈オールド・タウン〉で、〈ヴォイド〉の同時発生――確認……たわ』

端末越しに、彼女の切迫した声が聞こえてくる。声にノイズが混じっているのは、〈ヴォイド〉の魔力遮断のせいだろう。

「まさか、〈大狂騒(スタンピード)〉――」

『いいえ、違うわ』

エルフィーネは断定した。

『これは、ごく小規模な群体の発生。〈統率体〉の存在も、確認されていない』

「群体の規模と〈ヴォイド〉のタイプ、推定ランクは？」

『数は三十体から、四十体程度。〈中隊(スコードロン)〉規模ね。各〈ヴォイド〉のタイプと推定ランクは――不明よ。学院のデータに存在しない個体だわ』

「了解です。けど、あの破壊力――Bランク以下ということはないと思います」

リーセリアは顔を上げ、黒煙の噴き上がる破壊の中心を見据えた。

「こちらで市民の避難誘導をします。リアルタイムのデータをください」

『頼んだわ。〈宝珠〉を飛ばしているから、データリンクして』

「わかりました」

通信が切れる。リーセリアは、背後のレオニスとレギーナのほうへ振り向くと、

「聞いての通りよ。〈聖剣士〉の責務を果たしましょう」

「はい、お嬢様！」

「――ええ」

こくり、と頷（うなず）くレオニス。

「学院の部隊が到着するまで、市民の保護と避難誘導を最優先に。レギーナはどこかの高台に陣取って、各方面への援護射撃をお願い」

「わかりました！　聖剣〈竜撃爪銃（ドラグ・ストライカー）〉――アクティベート！」

リーセリアの指示に従い、レギーナは即座に動く。

猟銃型の〈聖剣〉を手に、ビルのある方角へ駆け出した。

「わたしはひとまず、ここの人たちを護衛しながらシェルターへ誘導するわ。ティセラちゃんは、わたしと一緒に来て」

「わ、わかりましたっ！」

この事態にも泣き叫んだりすることなく、気丈に頷くティセラ。

リーセリアやレオニスを、心から信頼しているのだろう。

（……それにしても、九歳にしてこの胆力、大物になるかもしれんな）

レオニスが感心していると、

「レオ君も、わたしと一緒に──待って、咲耶と通信できないわ」

リーセリアの表情に焦りの色が浮かんだ。

「〈ヴォイド〉の魔力遮断──いえ、きっと祭殿の結界の影響ね」

この場の臨時指揮官であるリーセリアとしては、単独で〈ヴォイド〉を討滅できる咲耶を、効果的に戦場に投入したいところだろう。

咲耶は独自の判断で〈ヴォイド〉との戦闘に入るだろうが、連携のできない状態では、対処できる場面に限界がある。

「──僕が行きましょう」

「レオ君……」

「咲耶と連携して、ブリッジの向こう側の〈ヴォイド〉に対処します」

「わかった。お願いするわ」

リーセリアは短く頷くと、恐慌を来す群衆に向けて、凛と声を張った。

「〈聖剣学院〉の〈聖剣士〉、リーセリア・クリスタリアです。わたしが皆さんをシェルターまで護衛します。どうか焦らずに、わたしについて来てください！」

◆

「……さて、俺も、急いだほうがよさそうだな」

独りごちて、レオニスは、祭殿のある森のほうを振り返る。

（例の〈桜蘭〉の残党が、何かを始めたか……）

——となれば、咲耶が狙われる可能性がある。

「——シャーリよ、状況は把握しているな」

『はい、魔王様——』

と、どこかにいるシャーリの返事が返ってくる。

「ここは俺の〈王国〉だ。俺の民を、一人たりとも損なうな」

『かしこまりました、魔王様』

次に、レオニスは影の中から、〈ログナス三勇士〉を召喚した。

「剣士アミラス、闘士ドルオーグ、法術士ネファルガルよ、お前達は各所に散り、主要な地下シェルターを守れ」

「――ご下命のままに」

太古の英雄はレオニスの前に跪(ひざまず)き、同時に唱和する。

「ただ、あまり目立ちすぎるな。状況に大きな変化があった場合は――そうだな、我が眷(けん)属(ぞく)、リーセリア・クリスタリアの指示に従え」

「はっ!」「御意」「我が武勲を以(もっ)て、先日の失態をすすぎましょう」

「うむ、任せた――」

骨の戦士は音もなく跳び上がり、建物の屋根の上を駆け出した。

最後に、レオニスは声を張り上げる。

「ブラッカス、そこにいるな?」

「――ここだ、マグナス殿」

声のしたほうを振り向くと、建物の屋根の上に、黒(こく)狼(ろう)の姿があった。

レオニスはふわりと跳躍し、ブラッカスの背に飛び乗った。

「咲(さく)耶(や)のいる祭殿だ。急ぐぞ」

「ああ」

ブラッカスが前脚に力を込める。

「――と、この姿で駆け回っているところを、見られると面倒だな」

レオニスは、影の中から取り出した仮面を装着した。

影が浴衣姿のレオニスの全身を包み、その姿を〈魔王〉へと変貌させる。

「――影の〈魔王〉が、遂に表舞台に立つのか」

「ああ、そろそろ〈魔王〉の存在を知らしめる頃合いだ」

◆

「……う、そ……嘘（うそ）、だ……そんな――」

蒼白（そうはく）の顔で、咲耶は声を震わせた。

……あり得ない。そんなはずはない。

だって、彼女は――

「……姉様は、僕の目の前で――殺され、て……」

全身が脱力する。それでも〈闇千鳥（やみちどり）〉を手放さないのは、剣士の本能だった。

その顔は、咲耶自身と瓜二（うりふた）つだった。

ただ、目の色だけが違う。

目の前の少女の目は、まるで不吉の星のように禍々（まがまが）しく、赤く輝いている。

青い髪をそよがせて、彼女は――刀を振り上げた。

妹を前にして、その顔には、いかなる感情も浮かんでいない。

冷酷な殺意さえなく、一歩、また一歩と歩んでくる。

「私の顔が、どうかしたのか？」

「……っ!?」

その言葉を聞いた、途端。

咲耶(さくや)の心に、再び、灯(ひ)が灯(とも)った。

――姉サマジャナイ。

コレは、姉様の顔をした別の何か――化け物だ。

「あ、ああああああああっ！」

咲耶の全身から、虚無の瘴気(しょうき)が噴き出した。

瘴気は地面の草を枯らし、森の木々を一瞬で枯れ枝にする。

制御を失っていることはわかっていた。

けれど、どうしようもない。

目の前のコレを斬らなくては。斬ってしまわなくては。

（……僕はっ、どうにかなってしまいそうだ！）

ダンッ――と、地面を蹴った。

「――閃雷迅(せんらいじん)っ！」

ほとばしる激情のままに、漆黒の雷光を纏(まと)う〈闇千鳥(やみちどり)〉の刃(やいば)を振り下ろした。

ギイイイイイイイインッ！

魔風が唸る。

姉の顔をしたそれは、咲耶の渾身の一撃を、真正面に受け止めた。

「お前はなんだ！　僕の姉様はっ――」

更に踏み込んで、力任せの乱撃を放つ。

雷光が弾け、大気にプラズマが飛散した。

「興味深いな。そこまで呑まれていながら、なぜ虚無に堕ちないのか――」

「黙れっ、姉様の顔でっ、姉様の声で喋るなあああっ！」

水鏡流剣術――〈桜華斬舞〉！

闇に閃く無数の斬閃が、姉のカタチをしたものを斬り刻む。

――だが。手応えはない。その刃は虚しく空を斬るのみだ。

風の〈魔剣〉の残像。

不意に――背後に気配を感じた。

振り向きざまに、神速の斬撃を叩き込む――！

〈魔剣〉の刀に鞘は存在しない。しかし、刃に発生した超電磁力を一気に解放し、あたかも居合いの如き斬撃を繰り出す技がある。

〈雷斬り〉――咲耶の切り札だ。

雷火をほとばしらせ、〈闇千鳥〉の刃が閃く。

パッ、と青い髪が散った。

刃の切っ先は、ほんの僅か、背後に立つ少女の額を掠めたのみだ。

（……そんな、〈雷斬り〉を、躱された!?）

人間の反射速度ではありえない。

（……っ、化け物——）

居合いと同様、〈雷斬り〉は一撃必殺の切り札。

故に、放った直後は、大きな隙を生む。

「水鏡流剣術——〈魔風烈斬〉」

体勢を崩した咲耶に、魔風を纏う刃が振り下ろされ——

吹き荒れる無数の風刃が、咲耶の身体をズタズタに引き裂いた。

◆

「シェルターはこっちです、急いで！」

リーセリアの誘導に従い、人々は開放されたシェルターに次々と駆け込んだ。

入り口の前で、不安そうにしているティセラにも声をかける。

「大丈夫よ。ここはわたしたちが守るから」

「は、はいっ、気を付けてください！」

頷(うなず)くと、リーセリアはシェルターの反対方向を振り返る。

――■■■■■■■■ッ！

肉体のいたるところから腕を生やした〈ヴォイド〉が咆哮(ほうこう)した。

「聖剣〈誓約の魔血剣(ブラッディ・ソード)〉――アクティベート！」

リーセリアが解放の詞(ことば)を唱えると――

手の中に光の粒子が生まれ、美しい剣が顕現する。

真紅に輝く刃の切っ先を、軽く腕にあて、地面に血を滴(したた)らせる。

足下(もと)にひろがった血だまりは、たちまち無数の赤い刃となった。

ヒュンッ――と、風切りの音がして、その刃が彼女自身の衣装を斬り刻む。

切り裂かれた浴衣の裾と袖口が、風に舞って地面に落ちた。

「これで、動きやすくなったわね――」

結った白銀の髪がはらりとほどけ、魔力の光を帯びてほのかに輝く。

〈聖剣〉を構えたリーセリアに、〈ヴォイド〉が反応した。

（……っ、来る！）

大型の人型ヴォイド。〈タイプ・オーガ〉の亜種、だろうか。ランクは不明だが、市街のビルを一瞬で破壊したあたり、かなりの戦闘力であることは間違いない。

半年前のリーセリアであれば、一人で立ち向かうことなど、到底無理だった。

けれど、今は――〈ヴォイド〉を前にしても、不思議と恐怖を感じない。

（レオ君に、毎日特訓してもらっているんだものっ！）

六本腕の〈ヴォイド〉が、咆哮(ほうこう)を上げて突進してくる。

リーセリアは〈聖剣〉の切っ先を指揮杖(しきじょう)のように振るい、足下(もと)に魔術法陣を描く。

「来たれ、影の狩人。女王の下僕よ――」

その唇が紡ぐのは、古代の呪文。

第二階梯(かいてい)〈死霊〉術――〈影狼の召喚(グラヴァ・ラジャン)〉。

輝く魔術法陣の中から、三匹の影の狼(おおかみ)が召喚された。

「足止めをお願い！」

リーセリアが剣を振り下ろすと――

影の狼は〈ヴォイド〉の巨体をめがけ、一斉に飛びかかる。

同時、リーセリアも地を蹴って、一気に駆け込んだ。

◆

「……くっ……あ、あ、ああ、あ――」

激痛に、意識を失いかける。

血に染まった巫女装束。だらりと垂れた腕は持ち上がらない。

血だまりに浸った指先も、一切動かない。

左目の視界が黒く塗り潰されている。焼けつくような激痛。激痛。激痛。

「……っ、あ……ぐ、う――」

「〈魔剣〉で致命傷を避けたか。見事だ」

と、声が聞こえた。足音が、ゆっくりと近付いてくる。

（……立た……ない、と……）

意志の力を振り絞り、全身を叱咤するが、四肢に力が入らない。

血溜まりに座り込んだまま、開いた片方の目で、自身を見下ろした。

全身に激しい裂傷。〈闇千鳥〉で受けていなければ、確実に息絶えていた。

しかし、これではほとんど致命傷と変わらない。

「……ど……う、して……！」

咲耶は、血の滲んだ唇を震わせた。

〈魔風烈斬〉――あの剣は、王家に伝承される水鏡流の技だ。

――なぜ、この少女がその剣を継承しているのか？

その答えは明白だ。しかし、認められない。認めるわけにはは——

（……そんなはずはない。姉様のはずが——）

と——

彼女は、動くことの出来ない咲耶の前に屈み込んだ。

指先で咲耶の頬を撫でると、その血を拭い、口に含む。

「……っ、なに……を!?」

「——巫女の血は継承した」

こくりと喉を鳴らすと、彼女は立ち上がり、石の祭壇へと歩を進めた。

そして、神器の宝刀を手に取り、軽く手首にあてた。

祭壇の上に、ぽたりと血が注がれる。

「——封印されし神の御霊よ。古き盟約の血に応え、ここに目覚めよ」

その瞬間。石の祭壇が、青く輝きを放った。

夜の闇を塗り潰し、真昼の太陽を顕現させたかのような、眩い光輝。

「……や、めろ……やめて……姉様っ！」

咲耶は声の限りに叫んだ。

祭壇に巫女の血を注ぐ、その意味を、咲耶は知っている。

それは、九年前に見たのと同じ光景だった。

二人の巫女は、同じようにして、〈桜蘭〉の二柱の神を目覚めさせたのだ。

やがて、光が消え、あたりはもとの闇に戻った。

いまだ消えぬ篝火の炎の中――姉の顔をした少女は振り向いた。

「解き放たれし神の片割れを求め、虚無の英雄がおとずれる――」

息の根を止めにくるのか。そんなことをせずとも、じきに死ぬというのに。

全身が脱力する。握り込んでいた〈魔剣〉も、黒い霧となって消える。

死者のように冷たい指先が、咲耶の首を掴んだ。

鏡合わせのような顔が、咲耶の目を覗き込む。

「……ね、え……様……」

「殺しはしない。貴重な〈魔剣〉使いだ――我が主の眷属になるがいい」

「……け、ん……ぞく？」

彼女は何を言っているのだろう？

しかし、そんな疑問は、消えゆく意識と共に呑み込まれ――

「――〈影殺斬〉」

突如、眼前に黒い影の刃が降りそそいだ。

「……っ⁉」

刹羅は手を離し、闇の中に跳躍する。

……聞き覚えのある声だった。

（――っ、まさか⁉）

まだ見える右目を見開くと、そこに――

「――許可なく俺のものに触れるとは、いい度胸だな」

腕組みして立つ、〈魔王〉――ゾール・ヴァディスの姿があった。

◆

「……っ、魔……王……！」

朦朧（もうろう）とした意識の中で、咲耶（さくや）は乾いた唇を動かした。

（……どうして、あいつがここに⁉）

魔王ゾール・ヴァディスは、トンと地面に降り立つと、闇の奥へ振り向いた。

「貴様か、〈ヴォイド〉を呼び寄せたのは――」

「……」

沈黙。刹羅（せつら）は距離をとったまま、魔王と対峙（たいじ）する。

「魔王の問いに答えぬか、無礼者――」

魔王の掌（てのひら）に、六つの炎の球体が生まれ、周囲の闇を明るく照らし出す。

と――

「……な、に!?」

眼前の少女の顔を見た途端、魔王は驚きの声を発した。

「……咲耶？　いや、お前は――」

魔王が動揺した、その隙に――

刹羅は〈聖剣〉の刃を横に薙いだ。

魔風の刃が解き放たれ、魔王めがけて殺到する。

否、違う。その射線上にあるのは、背後に倒れた咲耶だ。

「ちっ――〈闇の障壁〉」

魔王は外套を翻し、魔風の刃をかき消した。

ゴオオオオオオオオッ！

風が暴れ狂い、周囲の木々を薙ぎ倒す。

土煙が激しく舞い上がり、あたりを覆い尽くした。

そして――

「逃げた、か――」

刹羅の姿は、もう跡形もなく消えていた。

「咲耶・ジークリンデ」

と、魔王は咲耶のほうへ再び振り向いて、

「あれは、なんだ？　お前と同じ顔をしていたぞ」

「……僕が、聞きたいよ」

咲耶は声を振り絞って返事をした。

「亡霊、かな……」

「亡霊のような、低級アンデッドには見えなかったがな」

と、魔王はよく分からないことを呟く。

「どうして、助けてくれたんだい？　取引……は、断ったはず、だけど……」

「俺のものに手を出す不届き者を、誅戮しに来ただけだ」

「君のものになった覚えは……ない、けど……」

咲耶は思わず、苦笑した。

「いずれ、この〈王国〉のすべては俺のものになる——」

魔王は、血だまりに座り込んだ咲耶を見下ろした。

「——そのままでは、死ぬな」

「……そう、だね……残念、だけど——」

「あいにくだが、俺は〈治癒〉の領域の魔術は使えぬ。しかし——」

と、魔王は首を横に振り、

「〈桜蘭〉の姫よ。単身、我が〈魔王城〉に乗り込んだ蛮勇に敬意を表して、今一度、お前に交渉の機会を与えよう」

「……な、ん……だって？」

咲耶が、片方の目を見開くと――

「――開け、〈影の王国〉の鍵よ」

魔王は右手を虚空にかかげ、なにか呪文のような言葉を唱えた。

すると、その掌の上に、無数の煌めく宝石が出現する。

（……いや、違う……宝石じゃ、ない）

咲耶はすぐに気付く。カラフルな色の光を放つ、それは――

「これは――〈魔眼〉だ」

「眼……？」

「力ある〈魔眼〉の蒐集は、〈魔王〉のステータスでな。戦場で特別な功績を挙げた配下に、最上の褒美として与えてきた」

仮面の奥で、魔王が愉悦を孕んだ笑みを浮かべた――ような気がした。

「いろいろあるぞ。魔族、神獣、半神の英雄、魔神、亜神、竜より奪ったもの。〈獣化の魔眼〉、〈石化の魔眼〉、〈滅死の魔眼〉、〈鷹の魔眼〉、〈天魔の魔眼〉、〈時の魔眼〉、〈魔術破りの魔眼〉、〈真実の魔眼〉、〈魂読みの魔眼〉――」

宙に煌めく無数の〈魔眼〉は、まるで星空のようだ。

「……なにを……する気だ？」

「失ったお前の左目に、この〈魔眼〉を移植する。〈魔眼〉は神経を接続し、その肉体の損傷を修復するだろう」

「……ずいぶん気前のいい、話じゃないか」

「いや、そうでもない」

魔王は肩をすくめてみせた。

「〈魔眼〉を取り込むということは、人間ではなくなる、ということだ。〈魔神〉の眼を取り込めば半魔神に、〈竜〉の眼を取り込めば、竜人となる――」

「……」

「選ぶがいい、〈桜蘭〉の姫よ。ここで潔く命を散らすか、〈魔眼〉の力を受け入れ、半魔の存在となって、この〈魔王〉ゾール・ヴァディスに仕えるか」

「……愚問、だね――〈魔王〉」

と、咲耶は笑った。

「そんなの、考えるまでもない」

「……ほう？」

瞼の裏に浮かんだのは、第十八小隊の仲間の顔だった。

リーセリア、レギーナ、エルフィーネ――そして、レオニス。

共に〈ヴォイド〉と戦うことを誓った、〈聖剣士〉。

そして、姉の姿――

（……僕は、こんなところで、死ぬわけにはいかない）

咲耶は渾身の力を振りしぼり、手を差し出した。

「――〈魔王〉ゾール・ヴァディス。僕は、あなたと契約する」

「……そうか」

魔王は頷いて、

「では、お前が望むのは、どんな力だ？」

「――速さだ」

咲耶は即答した。

「雷霆よりも速い、彼女に追いつくための速さが欲しい」

「……よかろう。では、この〈魔眼〉を与えよう」

魔王は宙に浮かぶ眼のひとつを手に取り、咲耶の前に差し出した。

「〈時の魔神〉より奪った、〈時の魔眼〉を――」

左目に〈魔眼〉が押し込まれる。

「……っ、あっ……う、ぐ、あああああああああああああああっ！」

――熱い。痛い。痛い。熱い。熱い。痛い。痛い。痛い。激痛。光。異物。痛い。

魂をわしづかみにされ、無造作にかき回されるような感覚。

「すみません、咲耶さん。少し……我慢、してください」

どこかで、聞き覚えのある少年の声が聞こえた気がするが――

「あ……あ、あああああああああああああっ！」

咲耶の意識は、そこで途切れた。

◆

「――拒絶反応は、出ていないようだな」

意識を失った咲耶を、レオニスはそっと横たえた。

全身の傷は、〈魔眼〉の修復作用により、徐々に再生が始まっている。

リーセリアのときは、ほぼ即死状態であったため、〈不死者〉の眷属にするよりほかなかったが、咲耶は致命傷は回避していた。

とはいえ、あのまま放置していれば、死んでいたのは間違いない。

（……〈不死者〉にするのは、あまりにリスクが大きい）

レオニスの死の魔術と、対象となる者の魂の相性、というものがある。

リーセリアが〈吸血鬼の女王（ヴァンパイア・クイーン）〉として復活したのは、奇跡的な幸運だったのだ。

「それにしても、あのもう一人の咲耶は一体——」

と、あたりを見回したレオニスは、地面に落ちたあるものを発見した。

真っ二つに割れた、白い仮面だ。

（……っ、これは——）

拾い上げて、あることに気付く。

「——どうした、マグナス殿」

篝火（かがりび）の灯（ひ）に揺らめく足下（もと）の影から、ブラッカスがぬっと現れた。

咲耶に、〈魔王〉と共に行動していることを知られぬよう、姿を隠していたのだ。

「この仮面、〈死都（ネクロゾア）〉でゼーマインを殺した暗殺者のものだ」

「——ふむ、間違いないか？」

「ああ、そういえば、あの白装束を着ていた気がする。あまりはっきりとは覚えていないが、あとでシャーリに確認しておくか」

レオニスは、仮面を影の中に放り込んだ。

「ゼーマインの口封じをした暗殺者、か——」

〈オールド・タウン〉に出現した〈ヴォイド〉の群れといい、〈桜蘭（おうらん）〉の残党の背後に、旧〈魔王軍〉の連中が関わっている可能性が出てきた。

「――蝿のように忌々しい連中だ」

「同感だ」

ブラッカスが頷く。と、その時。

地鳴りのような音が鳴り響き、地面がわずかに震動した。

「……この規模の〈海上都市〉が、揺れただと」

レオニスは背後を振り向く。

〈第〇七戦術都市〉の中心部――

その上空に、輝く眩い光があった。

「あれは――〈桜蘭〉の神が目覚めた、のか？」

〈桜蘭〉の神は、この〈第〇七戦術都市〉の〈魔力炉〉と融合している。

あの光の出現地点は、その〈魔力炉〉のちょうど真上だ。

レオニスは、血のそそがれた石の祭壇に視線を移した。

あの咲耶と同じ顔の少女が、ここで神を解放する儀式をしたのだろう。

「咲耶が目覚めても、そう簡単に再封印する、というわけにはいかぬだろうな」

咲耶の話によれば、〈桜蘭〉の残党は、この都市に破滅を招く計画を目論んでいた。

なにをするつもりなのかは、不明だが――

「俺の王国で、あれを暴れさせておくわけにはいかんな――」

レオニスは嘆息すると、影の巾から〈封罪の魔杖〉を取り出した。

第九章　最強の剣聖

Demon's Sword Master of Excalibur School

——シャダルク・ヴォイド・ロード。

片目の剣士の姿をした虚無の怪物が、咲耶(さくや)の首に大剣を振り下ろす。

咲耶が覚悟を決め、眼(め)を閉じた。

が、その寸前。

〈ヴォイド・ロード〉の動きが、ぴたりと静止した。

蹲(うずくま)った咲耶の背後に、突如現れたものを目にして。

「……貴様、なぜここに現れた——？」

〈因果の糸をたどり、この運命に見(まみ)えた〉

男か女かもわからない、ノイズ混じりの声。

咲耶が振り向くと、そこにいたのは——

否、在ったのは、闇の塊だった。

不定形に蠢(うごめ)く、おぞましい影。

（……な、に!?）

そんな咲耶の心の声に応えるように、その闇は答えを返した。

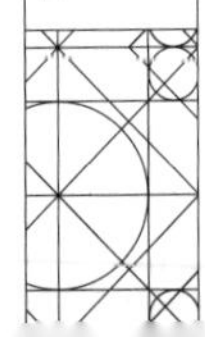

〈私は未来。あるいは過去。あるいは因果。虚無。運命――〉

その闇は、不定形の腕を伸ばし、咲耶の額に接触した。

そして――

〈――因果に導かれし者、力を求めるなら、虚無を受け入れなさい〉

「……っ!?」

その時、不思議と恐怖は感じなかった。

ただ、〈桜蘭〉を滅ぼし、守護神である〈風神鬼〉を喰い、目の前で姉を殺した〈ヴォイド〉に対する、燃えるような憎悪に突き動かされて――

咲耶は、それを受け入れた。

「あ、ああ……ああああああああああああっ!」

「なに!?」

〈ヴォイド・ロード〉がうめくのが聞こえた。

六歳の少女の身体が、虚無の瘴気に覆われ――

その手に、黒い雷光を放つ刀が顕現する！

「――――――ツッツ！」

ほとばしるような叫びを上げて、咲耶は刀の刃を――

〈魔剣〉の刃を、〈ヴォイド・ロード〉の心臓に突き込んだ。

――ピシリッ――

澄んだ、ガラスのひび割れるような音がした。

ピシッ――ピシピシッ――ピシピシピシピシッ――

「……っ!?」

〈ヴォイド・ロード〉の肉体が――

否、空間そのものがひび割れて、彼自身を呑み込んでゆく。

「――刻限か。口惜しいが、貴様はこれも予見していたのだろうな」

シャダルクは、憎々しげに呟いた。

その視線の先にあるのは、心臓に〈魔剣〉を突き込んだ咲耶ではない。

咲耶の背後にいるはずの――闇の塊だ。

「〈女神〉よ、俺は、いずれ貴様に到達する。すべての運命、すべての因果を超えて、貴様のその首に、この刃を届かせる――!」

そして、咲耶の目の前で――

シャダルク・ヴォイド・ロードは、虚空の亀裂に姿を消した。

◆

「……っ……くっ……！」

焼けるような痛みの中で、咲耶は眼を覚ました。

ズキン、ズキン、と眼底が鈍く疼く。

（……あの日の、記憶……か……）

夜の闇の中。咲耶は左眼を押さえ、ひとり呟いた。

あの〈魔眼〉を埋め込まれた瞬間。

過去と未来、すべての時間が繋がるような感覚に呑み込まれた。

もしあの時、意識を失わなければ、正気を失っていたに違いない。

（……〈時の魔神〉の魔眼、とか言ってたな）

半身を起こし、ゆっくりと、左眼を覆う手を離す。

身体は問題なく動いた。裂傷は、いつのまにか癒えていた。

（いや、これは……）

癒えたというよりは、修復されたのだろう。

〈魔眼〉と融合した神経が、全身の傷を強制的に縫い合わせたのだ。

（……僕の身体は、どうなってしまったんだろう）

……立ち上がると、激しい目眩と酩酊感に襲われた。

世界が二重、三重に重なって見える。

（なんだ……この眼（め）――不良品じゃないか）

と、すでに姿を消した〈魔王〉に向かって文句を呟（つぶや）く。

（まあ、命を繋（つな）ぎ止めただけでも、感謝かな……）

咲耶（さくや）は、〈オールド・タウン〉のほうを振り向いた。

街の各所で火柱が上がっている。

その更に向こう、〈セントラル・ガーデン〉の上空では――

明星のような光が、地上を照らしていた。

咲耶は九年前に、あの光景を見たことがある。

（……〈雷神鬼（らいじんき）〉が、解放……されたのか）

ひとたび、解き放たれた神を再封印するのは、そう簡単ではない。

九年前は、〈ヴォイド・ロード〉が〈風神鬼（ふうじんき）〉と融合している数時間の間に、咲耶と刹羅（せつら）が二人がかりで封印したのだ。まして、〈桜蘭（おうらん）〉の地ではなく、この〈第〇七戦術都市（セヴンス・アサルト・ガーデン）〉の〈魔力炉〉に再封印することなど、咲耶一人では到底不可能だ。

「姉様……」

――あれは、本当に姉だったのか。

咲耶と同じ水鏡（みずかがみ）流の剣術を使い、封印された〈雷神鬼〉を解放した。

（……甦（よみがえ）った、とでもいうのか？）

人を死から甦らせる〈聖剣〉は、帝都でも確認されていない。

しかし、〈魔剣〉ならばあるいは、そんな能力を持つものもあるのかもしれない。

（あれが、本当に甦った姉様なのだとして、その目的は……）

〈剣鬼衆（けんきしゅう）〉と同じ、〈ヴォイド・ロード〉への復讐（ふくしゅう）を果たすため、なのか――

〈雷神鬼〉の解放は、〈剣鬼衆〉の計画の第一段階に過ぎない。

〈雷神鬼〉を寄せ餌に、内部に〈風神鬼〉を取り込んだ、〈シャダルク・ヴォイド・ロード〉を招来し、〈魔剣〉の力でそれを討つことが本来の目的だ。

……止めなければならない。

〈剣鬼衆〉が〈ヴォイド・ロード〉を斃（たお）せるかどうかは関係ない。

いずれにせよ、〈大狂騒（スタンピード）〉が発生すれば、多くの市民の命が犠牲になる。

「――行かない、と……」

〈オールド・タウン〉では、断続的な爆発と火柱が上がっている。

（……けど、あそこには先輩たちがいるはず）

対処が必要なのは、〈セントラル・ガーデン〉上空の〈雷神鬼〉だ。

〈魔王〉ゾール・ヴァディスは、すでに向かっているのだろう。

（僕一人が加勢して、どうなるものでもないかもしれない、けど――）

〈魔王〉と戦い、弱体化した状態ならば、〈ヴォイド・ロード〉が現れる前に、再封印することも可能かもしれない。

「〈聖剣〉……アクティベート！」

咲耶（さくや）は手を虚空へ伸ばし、〈聖剣〉――〈雷切丸（らいきりまる）〉を顕現させた。

（〈加速（アクセラレート）〉の権能を使えばまだ間に合う――）

――と、その時。咲耶は気付く。

磨き上げられた〈聖剣〉の刃（やいば）に映り込んだ、自身の顔。

左の眼（め）が、琥珀色（こはくいろ）に輝いている。

「……これ、は……！」

また目眩（めまい）がした。

世界が――二重、三重に重なり合い、情報の洪水が頭をかけめぐる。

神経が破裂するような痛みに、咲耶は左眼を押さえた。

「……くっ……あ……ぐ、うう……！」

（……なん、だ……今のは……？）

痛みを押し殺すように歯噛（はが）みして、呼吸を整える。

ふたたび、ゆっくりと瞼（まぶた）を開けると、多重に見えた世界は一つに戻っていた。

（――これが、〈時の魔眼〉……あり得る未来の可能性を視（み）た……のか？）

複数の未来。可能性を視ることのできる魔眼。

その分岐した未来のひとつを――咲耶は視てしまった。

虚無による破滅。その中心にいる――白装束の少女を。

「……っ、姉様……！」

◆

ズオオオオオオオオオオオオオンッ！

巨人の投げた雷霆の槍が、〈セントラル・ガーデン〉の高層ビルを貫いた。

雷が落ちたような轟音が鳴り響き、都市の明かりが一斉に消失する。

「――やはり〈魔神〉か」

ビルの上を跳躍するブラッカスの背の上で、レオニスは呟いた。

神と祀られるだけあって、〈魔神〉は最上位の力を持つ存在だ。

「〈光の神々〉の従属神だったのだろうが、主を失い、土地の神に堕ちたのだろうな」

「滅ぼすのか？」

「そうだな……」

レオニスはしばし、答えを保留する。

封印を解かれた〈雷神鬼〉は、暴走状態にあるようだ。〈魔力炉〉のエネルギーとして利用されている時点で、元の守護神としての神格は損なわれているだろう。

あのまま暴走を続ければ、〈セントラル・ガーデン〉ばかりか、〈聖剣学院〉の敷地まで、甚大な被害を受けてしまう。

「〈魔神〉の一柱ごとき、討つのはたやすいが、あれは〈魔力炉〉に利用できる。できれば、滅ぼさずに手に入れたいところだ」

仮面の奥で、レオニスは不敵に嗤った。

いずれ〈魔王軍〉は、人類の〈戦術都市〉に匹敵する移動型要塞を建設する予定だ。

〈死都〉の〈デス・ホールド〉は移動する機能がなかったので、正直、ヴェイラの〈天空城〉や、アズラ＝イルの〈次元城〉が羨ましかったのだ。

「マグナス殿、それは諦めたほうがよさそうだ」

「なに？」

「――あれを見ろ」

ブラッカスが真上を見上げた。

――ピシッ――ピシピシッ――ピシッ――

荒れ狂う〈雷神鬼〉の更に上空に、無数の亀裂が奔る。

「……〈ヴォイド〉、もう現れたか」

咲耶の話によれば、〈桜蘭〉の残党〈剣鬼衆〉の目的は、〈風神鬼〉と対をなす神を餌に、故国を滅ぼした〈ヴォイド・ロード〉を呼び寄せることだ。レオニスとしてはその前に、神を滅ぼすか、〈影の王国〉に封じてしまうかする予定だったのだが——

「しかたあるまい。虚無が現れる前に、〈桜蘭〉の神を滅ぼすぞ」

レオニスはブラッカスの背から飛び降り、高層ビルの屋上に立った。

カツン、と〈封罪の魔杖〉を足下に叩き付け、

「滅びよ、神の眷属——〈極大抹消咒〉」

第十階梯の破壊魔術が炸裂。

雷の〈魔神〉の巨体が、闇の閃光に包まれる。

「……ふん、他愛もない」

「マグナス殿！」

ブラッカスが鋭く叫んだ。

瞬間。爆発の中から、雷霆が飛来する。

「……っ、〈力場の障壁〉」

咄嗟に、片手を突き出して呪文を唱えるレオニス。

掌の先に出現した障壁が、雷霆を弾いた。

「……っ、全盛期の魔力であれば、一撃で葬れたのだがな」

舌打ちするレオニス。人間の身体に転生した今の魔力は、せいぜい三分の一程度だ。

「まあいい、次こそ消し飛ばしてやる──」

と、再度〈極大抹消咒〉の呪文を唱える。

今度は、〈封罪の魔杖〉による増幅バージョンだ。

「──消し飛ぶがいい！」

ズオオオオオオオオオオオオオオンッッ！

耳をつんざくような轟音。上空で再び、闇の閃光が炸裂した。

いかに〈魔神〉とはいえ、耐えることはできまい。

「……咲耶には、少し悪いことをしたかな」

やむを得なかったとはいえ、〈桜蘭〉の守護神を滅ぼしてしまったのだ。

と──

──ピシッ──

「……なに？」

爆発の中心地に、虚空の裂け目が生まれた。

──ピシッ──ピシピシッ──ピシッ──

〈雷神鬼〉の占めていた空間が食い破られ、何かが這い出てくる。

「……なんだ、あれは……！」

ブラッカスが唸るような声を上げた。

それは、一本の腕――だった。

虚空より突き出した人間の腕が、〈雷神鬼〉の首を掴んでいた。

「マグナス殿――」

「ああ……！」

本能的に、危険を察したレオニスは、即座に攻撃魔術を詠唱。

「――〈極大重波〉、〈氷烈連斬〉、〈極大消滅火球〉！」

異なる属性の第八階梯魔術を連発する。

ズオオオオオオオオオオオオオンッ！

直撃。だが――

「……っ、無効化した……だと!?」

レオニスは歯噛みする。

虚空より突き出した腕は、傷一つ付いていない。
グ、ル――オオオオオオオオオオオオッ！
首を掴まれた〈雷神鬼〉が、断末魔の咆哮を上げた。

――そして。雷を纏う、その巨大な体躯が、裂け目の中に呑み込まれる。

「マグナス殿……来るぞ……！」

ブラッカスが警告の声を発した。

〈桜蘭（おうらん）〉の神は完全に消滅し、そこに現れた裂け目が大きくひろがる。

その虚無の裂け目の向こう側から——それは、姿を現した。

……オ……オオオ……オオオオオ■■■■■——！

それは、巨獣の下半身に、人間の上半身を接続したような姿をしていた。

八本の脚と八本の腕を持つ、半身半獣の怪物だ。

輝く黄金の髪。彫像の如（ごと）き、白皙（はくせき）の美貌。

「……ばか、な……！」

レオニスは呆然（ぼうぜん）として、そこに立ち尽くした。

その怪物の上半身を構成する存在には、心当たりがある。

「……っ、貴様……貴様までもが、〈ヴォイド〉と成り果てたのか」

——否、その可能性は、考えるべきだったのだ。

〈大賢者〉と呼ばれたアラキール・デグラジオス。そして、〈聖女〉と呼ばれたティレス・リザレクティアもまた、〈ヴォイド〉に変貌した。

あれが、虚無に呑（の）まれたとして、なんの不思議もあるまい。

〈六英雄〉最強の〈剣聖〉——シャダルク・シン・イグニス。

「……まみえるのは七度目だな、我が師よ」

〈封罪の魔杖（まじょう）〉をその手に構えながら、レオニスは皮肉に呟（つぶや）いた。

◆

「──はあああああああっ！」

気合いの声を上げ、リーセリアは駆け出した。

脚部に収斂した魔力を一気に解き放ち、跳躍。

真紅に輝く〈誓約の魔血剣〉を、〈ヴォイド〉めがけて振り下ろす。

ザンッ──巨人の腕が切断され、宙を舞った。

──■■■■■■■■■■ッッ！

〈ヴォイド〉が狂乱の雄叫びを上げ、その巨躯を振り回す。

足に噛み付いていた二匹の影の狼が、あっさりと潰れて消滅した。

巨体から繰り出される暴風のような攻撃を、リーセリアは身を沈めて回避。

「──〈血鎖封縛〉！」

自身の血に魔力を通し、血の鎖でその腕を縛り上げる。

「ふっ──」

と、呼気を放ち、〈聖剣〉を一閃。真一文字の斬線が夜の闇に閃く。

──が、巨大な〈ヴォイド〉に対して、致命傷にはなり得ない。

（……っ、強い……ランクAの〈タイプ・オーガ〉以上だわ――）

本来であれば、撃破には小隊単位の戦力が必要になるほどの存在だ。これを単独で撃破できるのは、学院でも上位ランクの上級生か、咲耶くらいのものだ。

（わたしが食い止めないと――）

シェルターに逃げ込んだ市民を守るのは、彼女しかいないのだ。

六年前とは、〈聖剣〉の力を持たなかった、あの頃とは――違う！

〈ヴォイド〉が、巨大な腕を力任せに振り下ろした。

地面が割れ、建材のブロックがあたりに飛散する。

「穿て、闇の雷よ――〈黒雷〉！」

リーセリアは距離を取り、覚えたての攻撃魔術を放った。

持久戦だ。ヒット・アンド・アウェイを繰り返し、徐々に削ってゆく。

（……学院の部隊が到着するまで、わたし一人でシェルターを守る）

巨人型〈ヴォイド〉が、その腕を真上に掲げ、雄叫びを上げた。

「――え!?」

リーセリアは、驚きに眼を瞠る。

〈ヴォイド〉の手に光の粒子が集まり、巨大な戦斧が顕現したのだ。

「〈ヴォイド〉が、武器を!?」

武器を生み出す〈ヴォイド〉。学院のデータに、そんな個体は存在しない。
しかも、あれはまるで――
（……っ、まるで、わたしたちの〈聖剣〉と同じ――）
――否、違う。〈聖剣〉は、あのような禍々しい瘴気を放ちはしない。
最近、あれと酷似したものを、彼女は見ている。
（ライオット先輩の〈魔剣〉――！）
「戦斧を手にした〈ヴォイド〉が、瓦礫を蹴立てて突進してきた。
（速いっ！）
一瞬で間合いを詰め、振り下ろされる戦斧。
リーセリアは〈誓約の魔血剣〉の刃で弾くが――
「……くっ……うっ……！」
そのまま、力任せに振り抜かれ、吹き飛ばされる。
〈ヴォイド〉は追撃の手を緩めない。勢いのまま、こんどは横薙ぎの攻撃を振るった。
戦斧の刃が赤く燃え、放たれた炎の波がリーセリアを襲う。
咄嗟に、リーセリアは〈誓約の魔血剣〉を地面に突き立てた。
血の刃が彼女の全身を覆い、赤く燃えるように輝く。そして――
次の瞬間。リーセリアは、美しい真紅のドレスに身を包んでいた。

――〈真祖のドレス〉。レオニスに与えられた、伝説級の装備品だ。

白銀の髪が、魔力の光で淡く輝く。

リーセリアが左手を突き出した。その掌に、禍々しい魔術法陣が浮かび上がる。

「消し飛べ――〈呪魔閃光〉！」

リーセリアが現状で使用できる、最強の第二階梯魔術。

真紅の閃光が炸裂し、炎の波を相殺した。

しかし、〈ヴォイド〉の猛攻は止まらない。炎の波を放つと同時に突進してくる。

「はああああああああああっ！」

リーセリアの全身が魔力光を放った。

〈誓約の魔血剣〉を両手に構え、振り下ろされる一撃を魔力で受け止める。

「……っ、こ……のっ！」

〈聖剣〉を握り込んだ腕が、ビリビリと痺れる。

〈真祖のドレス〉は、着用者の身体能力を大幅に増幅させるのと引き換えに、莫大な魔力を消耗する諸刃の剣だ。短期決戦で倒さなければ、敗北は必至だ。

（ただの〈ヴォイド〉じゃ、ない……！）

次々と繰り出される戦斧の攻撃を、かろうじて躱しつつ、唇を噛む。

巨人型〈ヴォイド〉の身のこなしは、まるで武を極めた達人のようだ。

「――はああああああっ！」

荒れ狂う嵐のような攻撃を受け流しつつ、巨人の懐に飛び込んだ。

「大輪の華の如く、咲き誇れ――〈血華烈斬〉！」

魔力を帯びて、真紅に輝く〈誓約の魔血剣〉の刃。

吹き荒れる血の刃が〈ヴォイド〉の全身を斬り刻む――！

（……このまま、手数で圧倒する！）

烈風にはためく真祖のドレス。

リーセリアは更に一撃を繰り出し、〈ヴォイド〉の核を狙う。が――

――■■■■■■■■ッッ！

〈ヴォイド〉が咆哮を上げ、〈魔剣〉を振り下ろした。

激しい炎が吹き上がり、リーセリアめがけて襲いかかる。

炎は、〈不死者〉の眷属であるリーセリアにとって致命的な属性だ。

それは、最高位の〈吸血鬼の女王〉であっても変わらない。

「……っ！」

空中で魔力を放出し、強引に回避。バックステップで距離をとる。

眼前を薙ぐ炎の舌。そのまま地面を舐めるように這い、執拗に追ってくる。

（……っ、まずい！）

炎が、リーセリアの身体（からだ）を呑（の）み込む。刹那――

――一条の閃光（せんこう）が、目の前の地面を横に薙ぎ払う。

ズオオオオオオオンッ！

爆発。大量の土砂と瓦礫（がれき）が、炎の波を呑み込んだ。

「……っ！」

リーセリアが顔を上げると――

頭上に、眩（まばゆ）い光を放つ〈天眼の宝珠（アイ・オヴ・ザ・ウィッチ）〉が浮かんでいた。

「フィーネ先輩！」

『セリア、援護するわ！』

〈天眼の宝珠〉が回転し、〈ヴォイド〉めがけて閃光を放つ。

放たれた閃光は、戦斧（せんぷ）を持つ〈ヴォイド〉の腕を正確に射止めた。

（……っ、いま！）

リーセリアは地を蹴った。

立ちこめる土煙の中を、飛翔（ひしょう）するように駆け抜ける。

〈吸血鬼の女王〉の魔力を〈誓約の魔血剣〉に収斂（しゅうれん）し――

「はあああああああああああっ！」

跳躍。勢いのまま、巨人の胸部に真紅の刃を突き立てる。

そして――

「――〈血華修羅（ブラッド・ブレイド）〉！」

収斂（しゅうれん）した魔力を一気に解放。巨人の内部で血の刃（やいば）が嵐のように吹き荒れる。

ズウウウウウウウウンッ――と、〈ヴォイド〉の巨体が倒れ伏した。

「……はあ、はあ……はあっ……助かりました、フィーネ先輩」

『まさか、〈ヴォイド〉が、〈魔剣〉を使うなんて――』

――と、その時。

ピシ――と、ガラスの割れるような音が、あたり一帯に響き渡った。

「……っ!?」

リーセリアが空を振り仰ぐ。

巨大な亀裂が、〈第〇七戦術都市（セヴンス・アサルト・ガーデン）〉の上空に奔（はし）っていた。

「……っ、虚空の裂け目――あんなに大きい!?」

リーセリアは、あれと同じものを見たことがあった。

六年前。〈第〇三戦術都市（サード・アサルト・ガーデン）〉を襲った、〈大狂騒（スタンピード）〉の前触れ――

――■■■■■■■■ッッ！

突然、完全に沈黙したはずの〈ヴォイド〉が眼（め）を見開き、起き上がった。

「……っ、まだ動くの!?」

リーセリアは即座に〈聖剣〉を構えるが――

巨人型〈ヴォイド〉はダンッと跳躍し、建物の上に跳び上がった。

そのまま、〈セントラル・ガーデン〉の方角を目指して進撃する。

『セリア、〈オールド・タウン〉の〈ヴォイド〉が、一斉に移動を開始したわ』

「どういうことですか⁉」

『わからないわ。けど、〈セントラル・ガーデン〉で、なにかが起きている――』

その時。リーセリアの心臓が、鼓動を打った。

まるで、なにかを警告するかのように。

……なんだか、胸騒ぎがする。

「先輩、わたし、〈セントラル・ガーデン〉へ行きます！」

『――え？　ちょっと、セリア――』

リーセリアは地面を蹴り上げ、飛翔(ひしょう)した。

――シャダルク・ヴォイド・ロード。

虚空の裂け目より現れた、〈六英雄〉の〈剣聖〉。

〈桜蘭〉の〈風神鬼〉を喰らい、〈魔王〉の一柱である〈鬼神王〉ディゾルフ・ゾーアと融合し、進化を重ねたその姿は、九年前とは似ても似つかない。

原形を残しているのは、片目の潰れた、白皙の美貌のみだ。

そして今、その怪物は、〈桜蘭〉のもう一柱の神をも自身の内に取り込んだ。

第Ⅱエリアに隣接した、第Ⅲエリアの積層構造物の上で——

刹羅は、それが完全にこちら側に現れるのを待っていた。

白装束の懐から、黒い三角錐の結晶体を取り出す。

〈虚無の根源〉——一〇〇〇年前に滅びた、〈女神〉の欠片。

それ自体は、魔力もなにも通っていない、ただの石でしかない。

だが、それが器に適合すれば、〈女神〉の魂を転生させる依り代となる。

彼女の役割は、〈六英雄〉シャダルクを招来し、女神の器と為すこと。

そして〈剣鬼衆〉は——〈女神〉を覚醒させる為の〈魔剣〉の贄だ。

——しかし。イレギュラーな事態が発生していた。

シャダルクと、何者かが交戦している。

先ほど刹羅の前に現れた、仮面の男だ。

(……滅びたはずの、古代の魔術の使い手)

先ほどから、凄まじい威力の魔術を連発している。

ネファケスは、この〈第〇七戦術都市（セヴンス・アサルト・ガーデン）〉に、なにかが潜んでいると警告していた。

〈大賢者〉アラキールを滅ぼした存在がいる、と――

なんにせよ、化け物同士が交戦中の状態では、近付くこともできない。

刹羅は〈女神〉の欠片を手に、機会を窺（うかが）うのみだ。

――と。背後で、気配がした。

「姉様――」

振り向く。そこに、〈聖剣〉を手にした、巫女（みこ）装束の少女がいた。

咲耶（さくや）・ジークリンデ。

彼女とは、血を分けた姉妹――だったようだ。

たしかに、その容姿は自分と瓜二（うりふた）つだ。

「――動ける傷ではなかったはずだが？」

と、刹羅は当然の疑問を口にする。

「取引をしたんだ」

「取引？」

……それには答えずに、彼女は〈聖剣〉の刀を構えた。

「なぜ、ここにいるとわかった？」

「姉様が、ここにいるのが視（み）えたから――」

「……？」

少女は、前髪をわずかにかき上げた。

――と、琥珀色に輝く瞳が露わになる。

「その眼は――」

刹那。雷光がほとばしり、咲耶の姿が消えた。

「――少し見ぬ間に、随分と変わられたようだな、我が師よ」

虚空の裂け目より現れた、異形の化け物。

それはかつて人類の英雄と呼ばれた男だった。

その下半身は異形の神々と融合し、英雄であった頃の原型はとどめていない。

ただ、その美しい白皙の顔貌だけは、悠久の時を経てなお変わらない。

「――俺が潰した片目は、そのままか」

たやすく再生できるであろうに、そうしないのはなにか理由があるのか――

レオニスには知る由もない。

オ、オオオオオオオオオオ……！

その虚無の王が、ビルの屋上にたたずむレオニスに気付いたようだ。

「ん、俺のことがわかるのか？」

〈大賢者〉アラキール・デグラジオスは、虚無に理性を蝕まれながらも、レオニスの存在を認識していた。シャダルクもまた、仇敵のことだけは覚えているのだろうか。

（――いや、そうではない、か）

かつての英雄の片方の眼球には、なにも映り込んでいない。

ただ、〈不死者の魔王〉という強大な存在を、本能的に感知したのだろう。

――〈不死者の魔王〉と〈剣聖〉の邂逅。

これは、何者かの用意した筋書きだろうか？

否、ここにレオニスがいることは、誰にも知られていないはずだ。

「――師よ、ここで貴様とまみえたことは、因果の導きなのかもしれんな」

仮面の下で皮肉げに嗤うと、〈封罪の魔杖〉を突きつける。

「貴様に滅ぼされた〈死都〉、貴様に討たれた我が腹心の配下たち、一〇〇〇年ぶりの遺恨、いまここで晴らしてくれよう！」

叫ぶと同時、レオニスは極大破滅呪文――〈闇獄爆裂光〉を唱えた。

ズウオオオオオオオオンッ！

震える大気。闇の極光が爆ぜ、周囲のビルを巻き込んで炸裂する。

「ふっ、目覚ましには、少し刺激が強すぎ――なに!?」

シャダルクの周囲を、明滅する光の障壁が覆っていた。

最強クラスの破壊呪文を受けて、傷ひとつ――否、煤ひとつ付いていない。

「……、聖属性の魔術だと!?」

レオニスは驚愕に眼を見開く。

先ほど、攻撃魔術の連打を弾いたのも、あの光の障壁なのか――

「妙だな。〈剣聖〉は、いかなる魔術も使えなかったはずだが」

ブラッカスが唸った。

「ああ、その通りだ。奴が頼るのは、その剣技のみであったはず」

「魔術の力を取り込んだ、ということか……」

〈六英雄〉は永遠に進化を続ける究極生命体。不死の〈神聖樹〉を取り込んだ大賢者のように、強力な魔術を扱える神の眷属を取り込んだのだろう。

「よかろう。ならば、奴の魔力が尽きるまで、呪文を叩き込んでくれる！」

「マグナス殿、それは、あまり分のいい賭けではないぞ」

「なぜだ」

「御身の器が、人間のものであるということをお忘れか」

「……」

信頼する戦友の忠告に、レオニスは思いとどまる。

そう、今のレオニスは転生に失敗した、勇者であった頃の肉体なのだ。

その魔力容量は、不死者であった全盛期よりも、大きく減じている。

そもそも、本来のレオニスの魔力であれば、相性の悪い聖属性の防壁といえど、容易くぶち抜けたであろう。

「……っ、この俺が、魔術で遅れをとるなど――」

「――来るぞ！」

ブラッカスが警告の声を発した。

シャダルクの八本の腕が光り輝き、それぞれの手に武具が顕現する。

「剣が二本に、槍、弓、鎌。盾――か、すべて〈伝説級〉以上の武具だな」

雷光を纏う槍と、風を纏うロングソードは、おそらく、取り込んだ〈桜蘭〉の神、〈雷神鬼〉と〈風神鬼〉の所持していた武器だろう。

――オオオオオオオオオオオオオッ！

咆哮と共に、シャダルクが雷光の槍を投擲した。

「……ブラッカスっ！」

レオニスがブラッカスの鬣を掴む。

ズガアアアアアアアアアアンッ！

雷光の槍が、レオニスの立つビルを直撃。

中心部に大穴の空いたビルは、雪崩打つように崩壊する。

「……っ、〈神話〉クラスの武器を、惜しげもなく投げ捨てるか！」

「喋ると舌を噛むぞ、マグナス殿――」

落下する無数の瓦礫を蹴り、飛び石のように移動するブラッカス。

レオニスは片手で鬣に掴まったまま、呪文を唱える。

「――〈爆裂咒弾(ファルガ)〉！」

頭上で、第三階梯(かいてい)の破壊呪文が炸裂(さくれつ)。

落下するビルの破片を粉砕し、視界を攪乱(かくらん)させる。

ビュンッ――！

――と、すぐ横を、巨大な物体が掠(かす)めていった。

「……なっ!?」

ズオオオオオオオオオオオンッ！

地上に着弾したそれは、凄(すさ)まじい大爆発を引き起こす。

(……っ、〈英雄級〉の盾――〈イージス〉を投げたのか、脳筋馬鹿め！)

レオニスは胸中で罵った。

やはり、化け物揃(ぞろ)いの〈六英雄〉の中でも規格外の怪物だ。

(そもそも、あの化け物に〈剣聖〉などという呼称がおかしいのだ――)

〈剣聖〉とはいうものの、かの大英雄が扱える武器は、剣だけではない。ありとあらゆる武具の神髄を究めているのである。

ブラッカスが地面に着地する。降りそそぐ瓦礫の破片を躱(かわ)し、駆け抜ける。

ほんの一瞬でも足を止めれば、投擲される武器に串刺しにされるだろう。

(奴の武器が、あれだけということもあるまいしな――)

「マグナス殿、このまま逃げ続けるのは、俺も厳しいぞ――」

「――わかっている」

〈魔王〉の仮面の下で、レオニスはギリ、と奥歯を噛む。

市街地に鳴り響く、サイレンの音。このあたりの市民は、上空に〈雷神鬼〉が出現した時点で、すでに地下より退避しているようだが、問題は〈聖剣学院〉だ。

ここに〈聖剣士〉の部隊が派遣されれば、甚大な被害が出るだろう。

(――〈ダーインスレイヴ〉であれば、奴を一撃で葬れるが)

最強の切り札は、レオニスにとって諸刃の剣でもある。

あの〈魔剣〉を抜いたが最後、ほんの十数秒で、レオニスの魔力は底を尽くだろう。ゆえに、〈ダーインスレイヴ〉を抜く時は、一撃必殺でなければならない。

しかし、相手はあの〈剣聖〉だ。

(……盆栽を斃した時のようには、ゆかぬだろうな)

とはいえ――

また武器が投擲された。今度は斧だ。

回転する斧は高層ビルをまとめて薙ぎ倒し、地面に突き立った。

ドオオオオオオオオオオオンッ!

地面に魔力の供給パイプでもあったのか、派手な爆発が起きる。

（――っ、このままでは、使わざるを得ないか）

レオニスは〈魔王〉の仮面と外套を脱ぎ捨てた。

闇が剥がれ、学院の制服姿に戻る。

魔力を隠蔽した状態で、勝てる相手ではない。

「俺の顔を覚えているか、我が師よ――！」

空を仰ぎ見て、叫ぶ。

シャダルクは、少年レオニスの素顔を知る、数少ない人物だ。

あるいは、なんらかの反応があるかと思ったが――

その白皙の美貌には、なんの変化も現れない。

「――ちっ、完全に蝕まれたか。アラキールは、まだしも俺のことを識別したぞ」

レオニスは〈封罪の魔杖〉の柄に手をかけた。ここで〈魔剣〉を振るえば、〈第〇七戦術都市〉にもかなりの被害が出てしまうが、しかたあるまい。

レオニスはブラッカスの鬣から手を離し、タッと地面に降り立った。

汝は、天より授けられし、世界を救済する剣（汝は、天に叛逆する為に生み出されし、世界を滅ぼす剣）――

レオニスは、ゆっくりと〈魔剣〉を引き抜こうとして――

「……なに!?」

ぴたり、とその手が止まった。

「どうした、マグナス殿——」

「な、なぜだ！〈ダーインスレイヴ〉が——抜けない！」

レオニスは渾身の力を込めるが、〈魔剣〉はまったく抜ける気配がない。

と、レオニスが立ち止まった、そこへ——

「——また来るぞ、マグナス殿！」

風を裂いて、炎を纏う剣が投擲された。

◆

「はあああああっ！」

紫電一閃。咲耶は〈雷切丸〉の刃を振り抜いた。

ギイイイイイイイッ——！

逆袈裟に放たれた神速の斬撃を、刹羅は〈聖剣〉の刃で受ける。

「——無駄だ。お前は私には勝てない」

「それは——どうかなっ！」

更に踏み込み、打ち合う。火花が爆ぜ、刃の擦れる音が響く。

「小賢しい――」

刹羅の〈聖剣〉が輝き、その刃が魔風を纏った。

（……っ、ここで、視る！）

咲耶は、〈時の魔眼〉に神経を集中した。

琥珀色に輝く瞳。同時、咲耶の世界が分岐する。

神経伝達速度の超加速により、刹那の刻が無限の刻に変わる。

スーパースローモーションの世界で、脳裏に焼き付けられる莫大な情報――可能性未来。

確実な死の未来が四つ。生き残る未来は――一つ。

数千万分の一秒の世界で、咲耶はただ一つのその可能性を掴み取る。

鍔迫り合ったまま身を沈め――刀を手放した。

「――なに!?」

刹羅が真紅の眼を見開く。

吹き荒れる魔風が虚空を斬り裂くが、咲耶の姿はそこにはない。

刹羅の懐に飛び込みつつ、片手を伸ばして――

「来いっ――〈雷切丸〉！」

宙に置き去りになった〈聖剣〉を呼んだ。

指先からほとばしる電磁力。引き寄せられた刀を手に収め、踏み込みざまに一閃。

「……っ！」
刃の切っ先が、刹羅の頬を斬った。
更に踏み込んで、袈裟懸けに斬り下ろす。
（……っ！）
その瞬間。咲耶は——視た。
二つの死の可能性。目の前の刹羅は——風の残像だ。
ヒュッ——と、風斬りの音がした。
刹羅の姿は、背後にあった。
ほんのわずか、身を逸らしていなければ、その刃は首に届いていただろう。
咲耶が地を蹴って、後方へ跳躍。
刹羅は〈聖剣〉を振り下ろし、風の刃を放つ。
（くっ——！）
左眼に燃えるような激痛が走る。かまわず、〈魔眼〉を起動。
わずかに身を反らし、七つ視えた死の可能性を回避する。
（……っ、眼の制御が、思うようにいかない）
連続して使用するには、脳にかかる負荷があまりに大きすぎるのだ。
〈魔眼〉を使うタイミングは、ここぞという瞬間に限定すべきだ。

——しかし、この相手に、そんなことは言っていられない。

彼女の振るう斬撃のほぼすべてが、死の可能性を孕んでいるのだ。

「——なぜ、生きている」

「……それは、こっちの台詞なんだけどな」

九年前に死んだはずの姉に、そんな皮肉めいた答えを返すが、

「お前の剣の技倆では、すでに三度、致命傷を受けているはずだ。だが、お前はその運命を捻じ曲げ、まだそこに立っている」

刹羅は、心底不思議そうに首を傾げた。

「——〈魔剣〉は、使わないのか？」

「切り札だからね」

咲耶は嘯いた。

〈闇千鳥〉ではなく、〈加速〉の権能を持つ〈雷切丸〉でなくては、この〈魔眼〉の力を最大限に生かせない。わずか先の未来の可能性を知覚したところで、自身がそれに対応できるだけの速度で動けなければ、意味がないのだ。

疼く左眼を、片手で塞ぐ。〈魔眼〉を使えるのは、あと一度が限界だろう。

「——舐められたものだ」

刹羅が、魔風の剣を上段に構えた。

その刃が眩く輝き、轟々と颶風が吹き荒れる。

「水鏡流剣術――〈風魔一閃〉！」

刹那の姿が風のように消え――

次の瞬間、眼前にその刃が迫っていた。

◆

ズオオオオオオオオオオオオンッ！

着弾した炎の剣が鋼鉄の地面を割り、大爆発を引き起こした。

レオニスは咄嗟に魔術の障壁を展開し、吹き荒れる炎から身を守る。

「……まずいな、これは――」

レオニスは魔杖の柄を握りしめ、呻く。

なぜ、〈ダーインスレイヴ〉を抜くことが出来ないのか――

地面に突き立った、無数の武器を見て――

（……っ、まさか――！）

不意に、レオニスはある可能性に気付く。

シャダルクが、神々を喰らい、その武器を手に入れたのだとすれば。

「……っ、貴様、まさか〈魔王〉を喰らったのか⁉」

空を仰ぎ見て、レオニスは叫んだ。

そう、もし奴（やつ）が〈魔王〉を取り込んだのであれば、〈魔剣〉が抜けないのも道理だ。

〈竜王〉ヴェイラに対し、その力を使うことが出来なかったのと同様に――

〈ダーインスレイヴ〉には、〈魔王〉に対してその力を振るうことが出来ぬよう、〈女神〉の制約がかけられているのだ。

（おのれ……取り込まれたのは、どこの間抜けだ！）

と、シャダルクではなく、むしろ取り込まれた〈魔王〉に対して怒りがわく。

〈獣魔王〉ガゾスか、〈鬼神王〉ディゾルフか――まさか、〈海王〉ではあるまいが。

（……いや、今はそんなことはどうでもよい！）

切り札の〈ダーインスレイヴ〉が使えないとなれば、あとは〈魔王殺しの武器（ジ・アーク・セヴンス）〉だが、ゾルグスター・メゼキスは、ヴェイラとの戦いで破損してしまった。

あるいは、リスク覚悟で三番目の眷属（けんぞく）を呼び覚ますか――

否、状況をより悪化させるだけだ。そもそも、封印を解く時間的余裕はない。

ズンッ――と、シャダルクが、地面に降り立った。

「……っ⁉」

馬のそれに似た八本の脚が、地面を踏みしめる。

レオニスとの距離は遠いが、凄まじい圧力を感じる。

冷たい汗が、顎を伝ってしたたり落ちた。

（まさか、畏怖しているというのか、この最強の〈不死者の魔王〉が――）

レオニスは自嘲するように嗤った。

（……勝てるか、俺は？　この化け物に――）

レオニス・デス・マグナスは、決して無敗の〈魔王〉ではない。

むしろ、〈魔王〉として生まれたばかりの頃は、最弱の〈魔王〉であった。

当然だ。魔力容量こそ、ほかの〈魔王〉を凌駕していたが、それまであった勇者としての力は失われ、配下も自身の死霊術で生み出さなければならなかった。

〈竜王〉や〈獣魔王〉のような種族的な力も持たず、〈鬼神王〉のように強大な軍勢を従えていたわけでもない。最強の〈魔王〉の称号に相応しかったのは、間違いなく、〈海王〉リヴァイズ・ディープシーだった。

だが、レオニスは敗北し、死より甦るたび、強くなった。

魔術を習得し、貪欲なまでに知識を吸収し、配下を強化していった。

成長する〈不死者〉――人類にとって、それほど恐ろしい存在もないだろう。

そのレオニスの経験が、告げている。

――今は勝てない、と。

「――マグナス殿、一時撤退を」

と、ブラッカスが進言した。

「……」

――が、レオニスは魔杖（まじょう）を構えたまま、動かない。

撤退すれば、この〈第〇七戦術都市（セヴンス・アサルト・ガーデン）〉を見捨てることになる。

〈王国〉として規定したこの都市を見捨てれば、〈ダーインスレイヴ〉は――〈魔剣〉に残されたロゼリア・イシュタリスの遺志は、レオニスを見放すだろう。

かつて、人類の軍勢に蹂躙（じゅうりん）された〈死都（ネクロゾア）〉の光景が、脳裏に浮かんだ。

第十八小隊の仲間。孤児院の子供達。配下の〈狼魔衆（ろうましゅう）〉――

そして、眷属（リーセリア）の少女の顔が。

オオオオオオオオオオオオオオオオッ！

シャダルクが咆哮（ほうこう）した。

空に奔（はし）った巨大な裂け目から、〈ヴォイド〉が次々と這（は）い出（で）てくる。

数ヶ月（すうかげつ）前の〈大狂騒（スタンピード）〉。あるいは、九年前に〈桜蘭（おうらん）〉を滅ぼした災厄の再現――

レオニスは、小さく息を吐いた。

「――撤退はしないぞ、ブラッカス」

「……」

「俺は――この〈王国〉を統べる〈魔王〉だからな」

「……そうか」

ブラッカスは顔を上げ、その金色の眼でレオニスを見つめた。

「では、俺もお前と共にゆこう」

「すまぬ、我が友よ――」

ブラッカスが漆黒の炎に姿を変え、レオニスの身に宿った。

固有魔術――〈黒帝狼影鎧〉。

ブラッカスの力を宿し、身体能力を大幅に増大させる魔術だ。

レオニスは魔杖を掲げ、シャダルクに告げた。

「――来るがいい、人類最強の英雄よ。〈不死者の魔王〉が相手になろう」

◆

魔風の刃が咲耶の心臓を抉る、その一瞬――

「水鏡流剣術――〈紫電一閃〉！」

咲耶は、〈魔眼〉の見せた、その未来めがけて刃を斬り払った。

無数の未来の可能性が、ただ一点に収斂して――

「……かっ……はっ……！」

心臓を抉る刃は、わずかに逸れ――

刹羅の刀は、咲耶の肩口を深々と貫いていた。

刹羅は――

「……相打ち、か……な――」

耳元で囁く咲耶の呟きに。慄然として、真紅の眼を見開く。

〈雷切丸〉の刃は、刹羅の胸部を斬り裂いていた。

――否。正確には、白装束の内側に隠された、黒い結晶を。

「……っ、始めから、これが狙いだったと――？」

呟く刹羅に、咲耶は頷く。

――あの時、咲耶が〈時の魔眼〉で垣間見た、ひとつの未来。

それは、姉が虚空へ向けて、この黒い結晶を差し出す姿。

そして、その彼女を、〈ヴォイド・ロード〉が呑み込む光景だった。

――止めなければ、と思った。

咲耶は、姉を殺すためではなく――

救うために、ここに来たのだ。

「……っ、く……う……！」

咲耶は、刃に貫かれた片腕を押さえ、その場にくずおれた。

その手に握られた〈雷切丸〉は、光の粒子となって虚空に消滅する。

「――愚かだな」

と、眼前の咲耶を見下ろして、刹羅は呟いた。

仮面の如く無表情だったその美貌に、かすかな苛立ちを滲ませて。

「奇跡的に長らえた命を、むざむざ捨てに来るとは――」

無造作に腕を伸ばし、咲耶の首を掴む。

「……くっ……あ、あああああっ！」

刹羅の真紅の眼が禍々しく輝く。

喉元に食い込む、氷のように冷たい指先。まるで、死人のような――

「安らかな死は与えない。〈不死者〉の眷属となるがいい――」

「ね、え……さ……ま……！」

その時。ヒュンッ――と、風鳴りの音がして。

刹羅の腕が、宙を舞った。

（……え？）

支えを失った咲耶の身体は、ドサッと地面に落ちる。

「その剣士は、すでに〈魔王〉様の所有物。手を出すことは許しません」

声が聞こえた。ガラスのように澄んだ、可憐な声だ。

利羅が後ろを振り仰ぐ。咲耶も同じ方向へ視線を向けた。

――と、ビルの取水塔の上に、小柄な人影が立って、二人を見下ろしていた。

「よろしければ、私が相手をしましょうか。たぶん、あなたより強いですけど」

顔は――暗がりでよく見えない。ただ、その格好は――

（……メイド？）

どうして、こんな場所にメイドがいるのか――？

「……」

利羅は、塔の上の少女の影を、じっと見据えていたが――

やがて、踵を返し、咲耶のそばを離れて行く。

「……姉様っ！」

暗闇に向かって手を伸ばし、咲耶は叫んだ。

だが、彼女は振り返ることなく、闇の中へその姿を消した。

◆

地鳴りのような音を立てて、シャダルクの巨体が突進してくる。

鋼鉄の地面を蹂躙(じゅうりん)する、八本の脚。
全身が青白い雷光に覆われているのは、〈雷神鬼(らいじんき)〉の権能か――
「戦術級・第八階梯(かいてい)魔術――〈地烈衝破撃(グラズ・ガルド)〉！」
呪文を唱え、レオニスは魔杖(まじょう)を地面に叩(たた)き付けた。
虚空より呼び出された岩石の円柱が、四方八方からシャダルクを押し潰す。
（――純粋な物理攻撃系の魔術は、光の障壁では防ぎきれまい）
だが――

オオオオオオオオオオオオオオオッ！
シャダルクは雄叫(おたけ)びを上げ、石柱の牢獄(ろうごく)を破壊。
まるで、何ごともなかったかのように突き進んでくる。
（……っ、この馬鹿力め――）
舌打ちして、レオニスは次なる呪文を唱える。
「第六階梯魔術――〈爆裂閃乱砲(ベルゼ・ファルガ)〉！」
第三階梯の破壊魔術〈爆裂咒弾(ファルガ)〉を、放射状にばら撒(ま)く魔術だ。
白熱化した無数の光球が、シャダルクを巻き込み、大爆発を引き起こす。
――が、この程度の魔術では、かすり傷ひとつ与えられない。
本命は、爆発によって誘発されるビルの倒壊だ。

足を止めたシャダルクに、超巨大質量の塊が落下する。

ズオオオオオオオオオオオンッ！

「人類の生み出した質量兵器。英雄とて、ただではすむまい」

轟音（ごうおん）と共に、舞い上がる大量の土埃（つちぼこり）。

更にレオニスは呪文を唱える。

「第十階梯広域破壊魔術――〈魔星招来（ゼメシス・ジュラ）〉！」

虚空より召喚された小惑星が、瓦礫（がれき）に埋もれたシャダルクに降りそそぐ。

ズオンッ、ズオンッ、ズオンッ、ズオオオオオオオオオンッ！

「……はあっ、はあっ、はあっ……くっ⁉」

――土煙の中で。ゆっくりと、シャダルクの巨体が立ち上がる。

さすがに無傷ではないが、致命傷にはほど遠い。

「化け物め……！」

喉の奥で呻（うめ）き、次の呪文を唱えようとした、その時。

シャダルクが、風の剣を無造作に投擲（とうてき）した。

旋風で瓦礫を巻き上げながら、まっすぐに飛翔（ひしょう）する神の武器（ゴッズ・ウエポン）。

（……っ、魔風の加護を受けた剣――回避は不可能か）

咄嗟（とっさ）に、〈封罪の魔杖〉を突き出して――

ギャリリリリリリリッ――！

旋回する剣の尖端を、魔杖の柄で受け止めた。

全身に纏う黒い炎――〈黒帝狼影鎧〉が激しく燃え上がる。

「……っ……く、おおおおおおっ！」

――が、受けきることは出来ない。

風の力が炸裂、レオニスは吹き飛ばされ、地面に叩き付けられる。

「……かっ、はっ……！」

〈黒帝狼影鎧〉の炎を宿していなければ、脆弱な人間の身体など即死だっただろう。

（……なんという、無様だ）

シャダルクが、虚空から〈伝説級〉の武器を補充した。

立ち上がろうとするレオニスめがけて、巨大なランスを投擲――

「はあああああああっ――！」

その刹那。上空より飛来した赤い影が、シャダルクの腕に剣を突き込んだ。

「……っ、セリアさん!?」

レオニスは、ハッと目を見開く。

輝く白銀の髪。真紅のドレスに身を包んだリーセリアだ。

「レオ君、逃げて――！」

リーセリアの必死の叫び声。
突き立てた〈誓約の魔血剣〉の刃が紅く輝き、血の刃が荒れ狂う。
シャダルクにとって、その程度の攻撃はなんの痛痒も齎さない。
リーセリアの存在など、羽虫のようなものだろう。
だが、そんな取るに足らない少女に――
……オ……オオオオ……オオオオオオオッ！
六英雄の〈剣聖〉は、思いもよらぬほど激しい反応を見せた。
『……め……神――ゼリ……ア……アアアアアアアッ』
（……なに？）
反響するその声を、レオニスは聞き咎めた。
虚無に蝕まれ、理性を失った〈剣聖〉が、言葉を紡いだ……？
（……それに……女神、と口にしたのか？）
シャダルクの腕が、リーセリアの身体を鷲掴みにした。
そして、自身の肉体へ、埋め込もうとする。
「――セリアさん！」
叫び、レオニスは駆け出した。
（くそっ……奴め、彼女を取り込むつもりか！）

激しい土煙の立ちこめる、瓦礫だらけの道を、レオニスは走った。

なにか有効な算段があるわけではない。走りながら、必死に考える。

奴に魔術は通用しない。〈魔王〉に〈魔剣〉は使えない。巨大質量攻撃はある程度有効。超至近距離での極大破壊魔術はどうだ。呪詛は有効か。

脳裏を駆け巡る、無数の英雄殺しの方法――

しかし、最強の〈六英雄〉に対し、有効な策など存在しない。

「レオ……君……だ……め、逃げて――！」

リーセリアの半身が、シャダルクの肉体に取り込まれてゆく。

――間に合わない。

「俺を見ろ、〈剣聖〉――シャダルク・シン・イグニス！」

レオニスが叫んだ、その時――

不意に、手の中に眩い光が生まれた。

レオニスは思わず、立ち止まった。

(……なん……だ？)

収束した光の粒子が、手の中に何かを顕現させた。

それは、あるものによく似ていた。

〈死都〉の地下霊廟で、リーセリアが〈ヴォイド〉に立ち向かった時に使った武器だ。

レオニスの時代には存在し得なかった武器。

――拳銃。それが、レオニスの手の中に顕現していた。

（……っ、これは、まさか――〈聖剣〉……なのか!?）

〈聖剣〉――人類が星に与えられた、〈ヴォイド〉と戦うための力。

その武器は、まるで使い慣れた剣のように、自然と手に馴染(なじ)んでいる。

銃身に刻まれた、光り輝く銘は――〈EXCALIBUR.XX(エクスキャリバー・ダブルイクス)〉。

（……〈魔王〉である俺に、〈聖剣〉が目覚めたというのか!?）

なぜ、このタイミングで？

……というか、なんで使ったこともない拳銃なんだ!?

様々な疑問が頭の中を駆け巡るが――

今は、それを考えている場合ではない。

〈聖剣〉の銃口――その一点に、魔力の光が収束し、眩い閃光(せんこう)を放った。

（……こ、これは……俺の、魔力が……急速に失われて――）

レオニスの莫大(ばくだい)な全魔力が、その一点に集まってゆくのがわかる。

全盛期には遠く及ばぬとはいえ、超位の魔術を連発できる、レオニスの全魔力。

それを一点に収斂(しゅうれん)すれば、どれほどの威力になるのか――？

レオニスは直感する。

これは――英雄を殺せる武器だ。

レオニスは、〈聖剣〉を両手に構え、片目の偉丈夫の眉間に狙いを定めた。

すべての魔力が銃口に集まり、世界を塗り潰すような光を放つ。

（――俺の全魔力。使えるのは、一度だけだ）

この一発で仕留め損ねれば、次はない。

呼吸を落ち着かせ、指先をトリガーにあてる。

シャダルクがレオニスのほうを向いた。

（……っ、気付かれたか！）

オオオオオオオオオオオオオオオッ――――！

リーセリアの身体(からだ)を掴(つか)んだまま、瓦礫(がれき)を蹴立てて突進してくる。

レオニスは歯噛(はが)みした。

撃つべきか。いや、リーセリアに当たる可能性がある。レギーナほどの腕があれば、的が動いていても、眉間を狙撃できただろう。しかし――

――と、その時。

突進してくる〈剣聖〉に、複数の巨大な影が組み付いた。

「……なに!?」

〈オールド・タウン〉に現れた、巨人型の〈ヴォイド〉だ。

それが次々とシャダルクに群がり、明確な意志を持って、攻撃を加え始めたのだ。

オオオオオオオオオオオオッ……！

虚無の英雄は、八本の腕と武器を振り回し、〈ヴォイド〉を殺戮する。だが、次々と襲いかかる巨人型〈ヴォイド〉は、シャダルクをその場に釘付けにした。

故国を滅ぼされた復讐者たちの執念が――レオニスにその機会を与えた。

――〈聖剣〉のトリガーを引く。

放たれた閃光は、英雄の眉間を正確に撃ち抜いて――

――ピシリ――

シャダルクの額に、小さな亀裂が奔った。

――ピシッ……ピシピシ……ピシ……

亀裂はまたたく間に広がり、英雄の全身を覆い尽くしてゆく。

シャダルクの腕が、その亀裂の中に呑み込まれ、リーセリアが地面に落下した。

「……セリアさん！」

瓦礫の中に倒れ込んだまま、レオニスは叫んだ。

すべての魔力を撃ち尽くし、もう立ち上がることさえできない。

……無念……〈女神〉……ノ……器ヲ……前ニシテ……

シャダルクはもう片方の腕を彼女に伸ばすが、その腕はボロボロと崩れゆく。

（……器……だと？　奴は何を言って――）

オオオオオ……オオ……オオオオオオオオ……！

虚無に呑まれた英雄の咆哮が、崩壊した市街地に轟いた。

虚空の亀裂はシャダルクの全身を蝕み、その周囲の空間を歪ませる。

そして――

全身に組み付いた、数体の巨人型〈ヴォイド〉を巻き添えにして。

最強の〈剣聖〉は、裂け目の向こう側へ姿を消したのだった。

エピローグ

「セリアさん……大丈夫ですか、セリアさん！」

「……ん……レオ……くん……？」

そばに屈(かが)み込み、軽く肩を揺すると、リーセリアはわずかに眼(め)を開いた。

「あの……〈ヴォイド〉は……」

「虚空の裂け目に、消えていきました」

苦い顔でそう言うと、レオニスは上空に視線を移した。

〈第〇七戦術都市(セヴンス・アサルト・ガーデン)〉上空の裂け目も、徐々に塞がりはじめている。すでにこちらに入り込んだ〈ヴォイド〉は、〈聖剣学院〉の部隊が掃討するだろう。

（……シャダルクとの七度目の戦いは、引き分け、か）

——とはいえ、レオニスの魔力もほぼ底を尽きた状態だ。

あのまま戦って、勝てたとも思えない。

「……そう。レオ君……無事で、よかった」

「セリアさん、あまり無茶(むちゃ)はしないでください。けど、助かりました」

彼女に救われたのは、これで二度目だ。

リーセリアは微笑(ほほえ)むと、そっと手を握ってくる。

レオニスの手にしていた〈聖剣〉は、すでに消滅していた。

〈聖剣〉を任意に呼び出す方法がわからないので、あとでリーセリアに聞くとしよう。

（……それにしても。まさか、魔王の俺に〈聖剣〉が目覚めるとは、な）

その可能性を、まったく考えなかったわけではないが、やはり驚きではあった。

しかし、なぜ、拳銃の形をしていたのだろう。

〈聖剣〉が、魂の形を具象化したものだとするなら、杖(つえ)の形か、あるいは勇者だった頃に使っていた、剣の形をしているべきではないのか。

〈聖剣〉――虚無に対抗するため、人類に与えられた星の力。だが――

……本当にそうなのか？

六四年前。〈聖剣〉、そして〈ヴォイド〉は、なぜこの世界に突然現れたのか――？

レオニスに〈聖剣〉の力が発現したことは、謎を解く手がかりになるかもしれない。

レオニスは、消えゆく空の裂け目をじっと睨(にら)んだ。

虚無に堕(お)ちた最強の英雄――シャダルク・シン・イグニス。

なんにせよ、奴(やつ)とはまた、まみえることになるだろう。

だが、今のままでは、神々や〈魔王〉さえも取り込み、無限に進化するあの英雄に対抗することはできまい。

（……〈魔王軍〉の再建が急務だな。それに、陰に隠れてこそこそ蠢いている連中も、いいかげん鬱陶しくなってきた）

レオニスは空を見上げたまま、不敵に嗤った。

（――そろそろ、こちらから滅ぼしに行く頃合いか）

◆

――旧ヴェリアード大陸、南西二七〇〇キロル。

深度九〇四四メルト地点――〈大海溝〉

闇に閉ざされた深海で、紅蓮の炎が燃えている。

「……まったく。随分、深く沈めてくれたものね――」

真紅の髪を靡かせた絶世の美少女は、朽ち果てた遺跡の前で肩をすくめた。

龍神ギスアークをはじめとする、〈六英雄〉の総攻撃で墜とされた〈天空城〉だ。

その中核にある〈天体観測装置〉を使えば、星の配置の変化、そして一〇〇〇年前には存在しなかった、あの凶星の謎を解くことが出来る。

遺跡の周囲を見回すと、無数の巨大な竜の骨が沈んでいた。

ヴェイラはそっと瞑目し、勇敢な戦士達を心の中で弔う。

そして――

「――女王の帰還よ」

ズガアアアアアアアンッ！

ヴェイラは、拳の一撃で門を吹き飛ばすと、遺跡の中に侵入した。

素足のまま、荒れ果てた遺跡の中を闊歩する。

遺跡の深奥部は太古の結界で守られ、海水は入り込んでいない。

「〈天体観測装置〉は、この先だったわね――」

――と、奥の玉座の間に来たところで。

彼女はぴたりと足を止めた。

「……誰？」

〈竜王〉の座すべきその玉座に、何者かが座っていた。

――まるで、この遺跡の主であるかのように。

「へえ、命知らずの無礼者もいたものね。あたしが留守の間に、玉座に座るなんて――」

ヴェイラの掌に、紅蓮の火球が生まれた。

「あたしは寛大な〈魔王〉よ。一瞬で焼き尽くしてあげる」

荒れ狂う紅蓮の炎が、石の円柱を一瞬にして溶かし、玉座の影に迫る。

しかし――

リイイイイイイインッ――

炎はその影に届くことなく、澄んだ音をたててあっさり消滅した。

「……なっ!?」

ヴェイラが紅玉の瞳を大きく見開く。

炎の残滓(ざんし)が照らし出した、その姿は――

氷の美貌を持つ、紫水晶(アメジスト)の髪の少女だった。

「……っ、まさか、〈海王〉、リヴァイズ・ディープシー!?」

あとがき

——新年明けましておめでとうございます、志瑞です。お待たせしました、『聖剣学院の魔剣使い』6巻をお届けいたします。

6巻は表紙の通り、ボーイッシュ可愛い侍ガール、咲耶さんにスポットをあてた話になっております。〈桜蘭〉を滅ぼした〈ヴォイド・ロード〉、不死者として甦った姉、彼女に〈魔剣〉の力を与えた存在——そして、ついに〈魔王〉と出会ってしまった咲耶は（本当は同じ寮に住んでいますが）、これからどうなってしまうのか……？

手に入れた新たな力で運命を切り開く、彼女の活躍にご期待下さい。

謝辞です。今回も素晴らしいイラストを描いてくださった遠坂あさぎ先生、本当にありがとうございました！　モノクロの挿絵もピンナップも、すべてが最高のクオリティで、ただただ五体投地です。コミカライズをしてくださっている蛍幻飛鳥先生、毎号とても楽しみにしています。ありがとうございます！

そして、最大の感謝は、シリーズを応援してくださっている読者の皆様に！

——次回、〈魔王〉と〈聖剣〉のストーリーは新たなステージへ。

どうぞよろしくお願いいたします！

二〇二一年一月　志瑞祐

MF文庫J

聖剣学院の魔剣使い 6

2021 年 1 月 25 日　初版発行

著者　志瑞祐
発行者　青柳昌行
発行　株式会社 KADOKAWA
〒 102-8177 東京都千代田区富士見 2-13-3
0570-002-301（ナビダイヤル）

印刷　株式会社廣済堂
製本　株式会社廣済堂

Printed in Japan　ISBN 978-4-04-680164-7 C0193

【 ファンレター、作品のご感想をお待ちしています 】
〒102-0071 東京都千代田区富士見2-13-12
株式会社KADOKAWA　MF文庫J編集部気付「志瑞祐先生」係「遠坂あさぎ先生」係